LE RETOUR DU GÉNÉRAL

Du même auteur

Romans, Nouvelles

SOMMEIL PERDU, *Grasset,* 1985.
À PROPOS DES VACHES, 1987 ; nouvelle édition *Les Belles Lettres*, 2000, (*La Petite Vermillon* n° 194).
L'AMOUREUX MALGRÉ LUI, *Gallimard*, « L'Infini », 1989.
TOUT DOIT DISPARAÎTRE, *Gallimard*, « L'Infini », 1992 (Folio n° 3800).
GAIETÉ PARISIENNE, *Gallimard*, 1996 (Folio n° 3136).
DRÔLE DE TEMPS, *Gallimard*, 1997, Prix de la nouvelle de l'Académie française (Folio n° 3472, *Avant-propos de Milan Kundera*).
LES MALENTENDUS, *Gallimard*, 1999 (Folio n° 4937).
LE VOYAGE EN FRANCE, *Gallimard*, 2001, Prix Médicis (Folio n° 3901).
SERVICE CLIENTÈLE, *Gallimard,* 2003 (Folio n° 4153).
LA REBELLE, *Gallimard*, 2004.
LA PETITE FILLE ET LA CIGARETTE, *Fayard*, 2005 (Folio n° 4510).
CHEMINS DE FER, *Fayard*, 2006, (Folio n° 4774).
LA CITÉ HEUREUSE, *Fayard*, 2007.
LES PIEDS DANS L'EAU, *Gallimard*, 2008 (Folio n° 5037).
BALLETS ROSES, *Grasset*, 2009.

Essais, Chroniques

REQUIEM POUR UNE AVANT-GARDE, 1995 ; nouvelle édition, *Les Belles Lettres*, 2005.
LE GRAND EMBOUTEILLAGE, *Le Rocher,* 2002.
MA BELLE ÉPOQUE, *Bartillat,* 2007.
L'OPÉRETTE EN FRANCE, 1997 ; nouvelle édition, *Fayard*, 2009.

Benoît Duteurtre

Le Retour du Général

roman

Fayard

ISBN : 978-2-213-62997-1

1

L'œuf mayonnaise

Il faisait doux, ce 13 mai, quand je sortis de mon immeuble, au cœur de Paris, puis remontai la rue d'Arcole, toute fraîche et joyeuse sous les fleurs des marronniers roses. En quelques pas j'arrivai devant Notre-Dame où la foule touristique s'agitait depuis le matin. Les objectifs des téléphones mobiles se tendaient vers les chimères médiévales ajoutées au XIXe siècle. Les têtes en l'air cherchaient un souvenir de Quasimodo et d'Esmeralda – avec les seins de Gina Lollobrigida. Au sommet des deux tours, une barrière de barbelés réfrénait les ardeurs suicidaires. Au pied de l'édifice, la file d'attente traversait le parvis dans toute sa longueur, et je la fendis sans un regard, comme un habitant du quartier décidé à poursuivre son chemin.

Près du pont de l'Archevêché, au-dessus du bras de Seine qui longe la cathédrale, plusieurs grands peupliers donnaient à l'eau verte des reflets de grenouillère. Dressé sur le fleuve, l'édifice blanchi par les Monuments historiques scintillait en plein soleil. D'un côté, Paris n'avait jamais été aussi radieux ; de l'autre, cette mise en scène de la beauté, arpentée par une foule en casquettes Nike, entretenait des rapports toujours plus lointains avec la ville aventureuse qui m'avait fait rêver.

Au milieu du pont, une voiture de police affalée sur ses quatre roues annonçait le retour de l'été. Du mois de mai au mois d'octobre, sa carrosserie bardée d'insignes tricolores faisait, chaque matin, son entrée dans ce paysage de carte postale et demeurait là jusqu'au soir. Derrière les portières hermétiquement closes, deux policiers assis côte à côte semblaient rongés par l'ennui. Leurs visages exprimaient l'absence, parfois la frustration mêlée d'hostilité pour l'humanité environnante. Le flux touristique ne s'y trompait pas, d'ailleurs, et se serrait sur les trottoirs afin d'éviter ce véhicule, où il semblait risqué de demander un renseignement.

Cette patrouille était-elle affectée à la protection antiterroriste ? Ou censée repérer les pickpockets ? En fait, comme je l'avais appris au fil de mes sorties, les agents étaient simplement chargés de tenir le pont où des adolescents à rollers s'affrontaient dans des concours d'adresse : devant les promeneurs en goguette, leurs sauts et slaloms hautement périlleux assuraient la réputation de la glisse parisienne. Ces déhanchements de jeunes machos, fiers de leurs chaussures de marque, avaient quelque chose de futile ; mais pareils spectacles d'acrobates se donnent depuis toujours sur le parvis des cathédrales... Sauf qu'un fonctionnaire de la préfecture avait, paraît-il, pris ombrage de ce rassemblement sous prétexte qu'il présentait *certains risques pour la sécurité.*

La patrouille débarquait donc dès les premiers beaux jours. Aux explications demandées par les champions de la glisse, les policiers répondaient en baissant légèrement la vitre que la mesure était destinée à « prévenir les accidents ». Les plus loquaces ajoutaient qu'un saut maladroit pouvait provoquer une collision avec les touristes, ou même projeter les acrobates par-dessus le parapet... La largeur du pont rendait ces craintes invraisemblables, mais les ordres étaient les ordres. Chaque jour, le véhicule tricolore s'installait à cet endroit où les champions de rollers revenaient après le départ de la police. Serrés dans leur véhicule, les représentants de la loi semblaient souffrir de la bêtise de leur destin. Dans leurs uniformes de shérifs américains, casquettes à visière, écussons aux manches, menottes et flash-ball à la ceinture, ils ressemblaient à des copies de Starsky et Hutch, en patrouille sur Hollywood Boulevard ; sauf que leur présence ici avait quelque chose d'incongru.

Ainsi s'allongeait le catalogue des mesures qui, jour après jour, gâchaient ma vie pour assurer ma sécurité. La semaine précédente, un contrôleur m'avait empêché de grimper dans un train prêt à partir, parce qu'une nouvelle règle interdisait de s'avancer sur le quai après l'affichage d'un certain signal. Il avait ajouté avec une moue désagréable : « C'est pour votre sécurité. » J'avais alors compris que la poésie des vieux films en noir et blanc, où l'on attrapait la dernière voiture en marche, appartenait à un monde révolu. Près des guichets automatiques de la SNCF, une patrouille de police déambulait avec un chien méchant pour assurer elle aussi ma *sécurité*. Plus loin, dans la salle des pas perdus, des militaires circulaient armés de mitraillettes ; mais cette protection n'avait rien de rassurant et je me demandais si elle n'entretenait pas plutôt une angoisse permanente, comme le faisait aujourd'hui la police au milieu du pont de l'Archevêché. Sachant toutefois combien il est risqué de raisonner les forces de l'ordre, je me contentai de poursuivre mon chemin en direction de la place Maubert.

Rue Galande, recouvrant ma belle humeur, je saluai d'un geste le patron du 8 à Huit où je fais habituellement mes courses (cet homme sympathique et consciencieux range lui-même les commissions dans des sacs en plastique gratuits). À l'angle du boulevard Saint-Germain, j'achetai plusieurs journaux, puis demeurai pensif. Songeant que les rituels ont du bon (ils me conduisaient régulièrement au Village Ronsard, les jours de marché), mais qu'il faut savoir se renouveler, j'optai alors pour un café où je n'étais pas retourné depuis longtemps. Il avait fermé tout l'hiver, le temps de remplacer les canapés en skaï et les lustres orange des années soixante-dix par un décor de bistrot d'avant-guerre. « Le Moderne » était devenu « Le Vieux Zinc ». Quelques tables s'offraient sur la terrasse et je franchis la porte avec satisfaction. Presque toujours, en effet, la rénovation des bistrots consiste à supprimer le comptoir, ce lieu de rendez-vous cher aux poivrots et aux importuns. Les patrons branchés préfèrent le style *lounge*, qui permet de disposer la clientèle en carrés étanches, avant de lui servir une fausse cuisine réchauffée au micro-ondes. Ici, pourtant, comme l'indiquait le nom de l'établissement, le gérant avait planté un vrai zinc à l'ancienne ; et quand je demandai s'il était possible de déjeuner au bar, il me répondit sur un ton de complicité :

– Mais naturellement, monsieur !

Il n'y a pas si longtemps, on me disait : « Jeune homme ». À l'approche de la cinquantaine, je fais moins que mon âge, sous mes boucles de cheveux châtains ; mais un coup d'œil attentif ne manque pas de remarquer ma petite bedaine, mon dos courbé par un début de lumbago ou l'implantation plus clairsemée au sommet du crâne… si bien que je suis devenu « monsieur ». J'ai aussi découvert que les atteintes de l'âge s'accommodent mieux du costume ; si bien que je soigne davantage mon habillement pour mener, jour après jour, cette existence réglée faite de travail, de brèves sorties et de déjeuners au comptoir.

Je dépliai mon journal tout en jetant un coup d'œil circulaire dans l'établissement. Même en toc, la salle était jolie avec ses photos en noir et blanc du quartier : l'ancienne place Maubert, chantée par Bruant comme un terrible coupe-gorge. Le menu figurait sur une ardoise, ce qui est parfois bon signe, mais il faut se méfier : les néo-commerçants usent en virtuoses de tous les procédés faussement *authentiques*. Les plats du jour semblaient assez simples pour être honnêtes : un bœuf bourguignon, une raie aux câpres et, surtout, l'indispensable œuf mayonnaise auquel je ne résiste jamais.

Au fil des ans, j'ai développé une véritable doctrine sur cette entrée de bistrot. Après maintes lectures et conversations, je sais par exemple qu'un œuf mayonnaise, sur une table parisienne, comporte normalement *trois moitiés d'œuf dur*, ni plus ni moins. Je soutiens également que le véritable œuf mayonnaise dédaigne ces ajouts dont raffolent les bistrotiers amateurs : feuilles de laitue, salade de pommes de terre, quand ce n'est pas une rondelle de tomate ou d'absurdes carottes râpées. Ces suppléments décoratifs servent trop souvent à masquer l'incapacité à concocter une nourriture de qualité (il faut voir ce qu'est, aux États-Unis, un morceau de brie congelé agrémenté de cacahuètes). Or le vrai miracle tient tout entier dans ce mélange d'œuf dur et de sauce onctueuse, elle-même constituée de jaune d'œuf, de moutarde, d'huile, de sel et de poivre. Rien de plus. C'est ainsi – et pas autrement – que cet alliage gras et parfumé reste l'un des symboles de Paris.

Mon choix, donc, ne se fit pas attendre : un œuf mayonnaise et un verre de côtes-du-rhône. Puis je commençai à feuilleter le journal en éprouvant l'agréable sentiment d'être chez moi, dans la ville des artistes – où manquaient seulement cet exquis nuage de tabac et ces monologues d'ivrognes qui faisaient autrefois le charme des comptoirs. Tandis que le tenancier disposait sur le bar une nappe en papier et des couverts, je parcourais les colonnes en poussant – comme chaque jour – des soupirs d'indignation. Trois titres au moins comportaient le mot « terroriste ». Les spectres d'épidémies et de pandémies planaient sur deux pages entières. En rubrique « société », sur un ton plus doucereux, l'administration recommandait aux cyclistes l'usage systématique d'un casque et d'une veste fluorescente. Toute cette litanie échauffait mon cerveau, tant il me semblait que je possédais les arguments pour ridiculiser ces angoisses collectives… si seulement ces imbéciles avaient songé à demander mon avis.

Je me sentis toutefois soulagé en voyant le cafetier de retour, porteur d'une assiette sur laquelle figuraient précisément *trois demi-œufs durs*, sans la moindre feuille verte pour déranger cette harmonie en jaune et blanc. J'allais terminer la lecture de mon article, repoussant de quelques secondes le moment délicieux de la première bouchée et de la première gorgée de vin... quand un réflexe m'arracha derechef à la lecture du *Monde*. Portant sur l'assiette un regard plus attentif, je sentis mon front se plisser, puis mon visage se tordre dans une grimace, tandis que je hélais le patron d'une voix inquiète :

– Pardonnez-moi, monsieur, je voudrais juste savoir... S'agit-il bien de mayonnaise *maison* ?

Par cette question, je cherchais moins à connaître la réponse qu'à jauger l'honnêteté du responsable. Car j'avais identifié, sans aucune hésitation, la couleur trop pâle d'une mayonnaise industrielle : ce petit étron strié de rayures, sorti d'un tube au lieu d'avoir grandi sous la fourchette du cuisinier. Je déteste les conflits, mais l'affreuse déception exigeait une explication. Quitte à avaler cette nourriture sans plaisir, je voulais comprendre quelle démarche avait pu conduire le commerçant à acquérir un comptoir en zinc pour y servir une cuisine frelatée. Telle était sans doute la logique même du « vrai-faux-bistrot », comme je l'avais écrit dix ans plus tôt (ah, si tous ces imbéciles me lisaient plus souvent !). Une vague fierté de prophète vint se mêler à l'accablement : le monde avait suivi bêtement mes prévisions en optant pour cet ersatz de mayonnaise, peu coûteux et n'exigeant aucun savoir-faire. J'écoutai néanmoins la réponse affable de mon interlocuteur :

– Je sais bien, monsieur. Mais, que voulez-vous, c'est une nouvelle norme d'hygiène. Une directive de Bruxelles.

Je le regardai dans les yeux, consterné, comme s'il venait de prononcer un blasphème. Non pas en citant Bruxelles qui est l'une des plus charmantes villes d'Europe ; mais en rapprochant certains mots comme *norme*, *directive* et, plus encore, *hygiène*, cette arme faite pour balayer les vieux usages, sous prétexte de prévention des risques.

– Nous n'avons plus le droit de conserver notre mayonnaise maison. Ou alors il faudrait tout bazarder chaque soir à cause des dangers sanitaires !

Les « dangers sanitaires » me percèrent comme une autre flèche.

– Ça figure dans la « directive sauces émulsifiées », précisa-t-il.

À cet énoncé, mon désespoir se fit aigu. L'homme reprit alors sur un ton plus confiant :

– Seules les mayonnaises avec conservateurs sont autorisées. Mais on en fabrique d'excellentes, aujourd'hui.

Le professionnel de la communication l'emportait sur le bougnat. Agacé, je rétorquai :

– Vos confrères continuent pourtant à servir de la vraie mayonnaise…

– Les grands restaurants peuvent se permettre d'en faire tous les jours. Pour les bistrots, ça devient trop compliqué.

Avec les sauces industrielles, tout était plus rapide et meilleur marché. Je connaissais la chanson. D'un côté, l'administration poursuivait sa guerre hygiéniste contre toute activité non normalisée. De l'autre côté, les petits commerçants se saisissaient facilement de faux prétextes (l'Europe, l'administration, les taxes...) pour justifier leur propre négligence et se simplifier la tâche en distribuant une mauvaise nourriture. Celui-ci me jetait à présent un regard médical :

– Pensez à la listériose !

Puis il conclut son auscultation en ajoutant :

– Et à la salmonellose !

Anéanti par ces recommandations, je tournai la tête vers mon assiette, pris ma fourchette et découpai un morceau d'œuf dur. Le portant à ma bouche, je retrouvai un instant le plaisir du jaune friable et du blanc gélatineux... aussitôt annulé par le goût fade de cette émulsion de pacotille, venue d'un monde où le souvenir de la vraie mayonnaise avait disparu pour toujours.

Ce 13 mai, vers quatorze heures, je rentrai chez moi en fulminant. Rien ne me serait donc épargné. Après le déclin de l'économie française, les ventes décevantes de mon dernier livre, le réchauffement de la planète, l'interdiction de fumer partout, les autorités prétendaient supprimer mon entrée favorite ; et ce mauvais coup était comme le signe de l'ultime liquidation.

Depuis longtemps, les indices se précisaient. En vacances au bord de la mer, je ne pouvais plus franchir les bouées de la zone de baignade sans me voir rappeler à l'ordre par les maîtres-nageurs. Dans les chambres d'hôtel, équipées de détecteurs de fumée, un simple bâton d'encens risquait de faire tomber des trombes d'eau. Même les voitures faisaient désormais la morale à quiconque négligeait d'attacher sa ceinture. D'autres normes s'attaquaient aux pommes ou aux tomates pour en faire des légumes parfaits et insipides. Dans le village de montagne où je me rendais l'hiver, l'épicier ambulant n'accomplissait plus sa tournée depuis qu'une norme d'hygiène avait rendu son véhicule non conforme. Dans la campagne environnante, d'autres normes agricoles avaient accéléré l'éradication des petites fermes et des basses-cours, remplacées par des usines en béton où l'on incarcérait les animaux dans des boxes métalliques. Les éleveurs traitaient le lait dans des laboratoires réfrigérés, les mains recouvertes de gants en latex et le visage de masques antiseptiques – alors même que les déjections de leur exploitation polluaient toute la contrée.

D'un côté l'administration s'acharnait à supprimer tout contrôle de l'économie ; de l'autre, quantité de règles tatillonnes se greffaient sur la vie quotidienne. Officiellement, l'Europe se prenait pour un monde différent, fort de son Histoire et de ses cultures ; mais par chaque réforme commerciale, juridique, sanitaire, elle se changeait en mauvais pastiche de l'Amérique, envahie par les lignes à ne pas franchir, la hantise des microbes, et toutes ces normes derrière lesquelles des bataillons d'avocats guettaient la moindre faille pour lancer de juteux procès. J'aimais trop le jazz et les désordres de New York pour supporter ce cauchemar puritain qui envahissait la planète. Je détestais surtout le zèle de mes concitoyens, pressés de liquider leurs moindres usages pour faire de ce pays une banale province de la nouvelle société mondiale, avec sa monnaie barrée de deux traits et ses agents déguisés en policiers du Bronx. Mais quelque chose me semblait plus déprimant encore que tout cela : l'idée d'être moi-même un absurde geignard en train de se lamenter sur la transformation des choses.

Je fis encore quelques pas boulevard Saint-Germain, la bouche pleine du goût de mayonnaise frelatée. À présent, chaque détail contribuait à m'agacer davantage. Au carrefour suivant, mon attention fut attirée par un camion qui procédait à une manœuvre pour entrer dans une cour d'immeuble. Un signal aigu se répétait toutes les secondes et je reconnus cet *avertisseur de recul*, aujourd'hui obligatoire, qui se déclenche automatiquement en marche arrière. On l'entend partout, jusqu'au fond des campagnes où les machines agricoles travaillent dans ce bruit permanent censé protéger les paysans, eux-mêmes affublés de combinaisons fluorescentes… Ce camion avançait, puis reculait encore, et le bruit se répétait comme il se répète nuit et jour aux quatre coins du monde, sur le moindre bout de chantier. Où que vous vous trouviez, cette exaspérante sonorité semblait vouloir proclamer l'omniprésence d'une *sécurité* inversement proportionnelle à l'augmentation du chômage et à la suppression de lits dans les hôpitaux.

Arrivé devant mon immeuble, ma décision était prise : j'allais lancer une pétition. Comme chaque fois que j'avais eu besoin de me rappeler à l'attention du monde intellectuel, je rédigerais un texte brillant, incisif et sans appel. Recourant à mes relations, je le ferais paraître dans un grand quotidien, assorti d'une vingtaine de signatures judicieusement choisies. Je croyais modérément à la portée de telles initiatives, car les choses évoluaient toujours dans le sens inverse de mes recommandations. Cette fois, pourtant, le moment semblait venu de passer aux choses sérieuses. L'œuf mayonnaise serait la mère de toutes les batailles.

De retour dans mon bureau, je me jetai sur internet pour en savoir davantage. Passionnément, je plongeai dans ces débats qui, depuis plusieurs mois, avaient permis aux experts d'élaborer leur « norme réglementaire pour les sauces émulsifiées », suivie par une « norme régionale révisée pour le vinaigre » répondant aux « objectifs de sécurité sanitaire des aliments ». Sans attendre, je rédigeai le brouillon de mon manifeste :

> La Commission européenne a encore frappé. Une récente directive sanitaire sur les « sauces émulsifiées » a pour effet d'empêcher la commercialisation de mayonnaise maison dans les bistrots et la plupart des établissements de restauration bon marché. On mesure l'émoi des amateurs d'œuf mayonnaise, privés de leur entrée favorite. Véritable offense au goût, cette directive marque la disparition programmée de toute cuisine artisanale au profit des seuls produits industriels.
>
> L'obsession de l'hygiène et de la précaution découle sans doute de louables intentions ; mais, à trop vouloir nous protéger, les responsables de la vie publique dérivent dangereusement vers la construction d'une Europe sans goût ni diversité. Nous prétendons au contraire que l'*œuf mayonnaise* figure au nombre des richesses de notre gastronomie, à condition que la mayonnaise ne soit pas l'apanage des industriels de l'alimentation. Ouverts sur le monde, mais amateurs de bonne chère, les signataires de cette pétition appellent au retrait immédiat de la directive et au refus de l'appliquer dans les pays de l'Union.

Quand le soir tomba, j'abandonnai l'écran et me rendis dans la cuisine, épuisé. Je disposai sur la table un œuf, de la moutarde, de l'huile, du sel, du poivre, une miche de pain et une bouteille de vin rouge ; puis je me répétai que les choses n'en resteraient pas là.

Au milieu de la nuit, je fis un rêve. Je me trouvais au comptoir du Vieux Zinc, en grande conversation avec le patron. Debout derrière le bar, celui-ci portait dans chaque main un seau de mayonnaise d'usine, et il me regardait d'un air apitoyé :

– Pas de chance pour vous ! Un nouvel arbitrage vient d'interdire toute consommation de sauces sans conservateurs.

– Comment ça, *toute consommation* ?

Il parlait avec une excitation croissante :

– Plusieurs marques ont porté plainte auprès de l'Organisation mondiale du commerce pour concurrence déloyale : selon leurs juristes, la mayonnaise maison pénalise l'industrie agro-alimentaire. Aujourd'hui, ces firmes exigent des normes précises de fabrication, dans chaque famille et dans chaque cuisine.

– Les Français n'accepteront jamais une chose pareille !

Abasourdi, j'espérais que le coq gaulois, le petit village invincible se mobiliseraient pour la mayonnaise comme ils l'avaient fait, cinq ans auparavant, lors du sauvetage *in extremis* du camembert au lait cru. Mais, cette fois, la décision était tombée dans la torpeur générale.

– Je dis cela pour votre sécurité, répétait frénétiquement le tenancier, les yeux exorbités.

Je rentrai chez moi anxieux. Mais, alors que j'approchais de Notre-Dame, je trouvai le pont fermé par la police. À ma demande d'explication, un agent répondit que des piétons maladroits risquaient de tomber dans la Seine.

– C'est bien pour cela qu'on bâtit des ponts ! m'exclamai-je.

– N'insistez pas, s'il vous plaît. C'est pour votre sécurité !

Dans la suite du rêve (qui se répéta et s'amplifia au cours des nuits suivantes), un titre en lettres immenses barrait la première page d'un grand quotidien : « Protégeons l'œuf mayonnaise ! » La pétition rassemblait des personnalités prestigieuses : écrivains, comédiens, responsables politiques de gauche et de droite. Mon nom apparaissait en tête, accompagné d'une photographie qui me désignait comme le capitaine de cette armée.

Quelques heures plus tard, j'intervenais au journal de la première chaîne. Aussitôt, les points de vue sur la mayonnaise se multipliaient sur les ondes. Les éditorialistes s'intéressaient enfin à la question des normes, de l'Europe, de l'industrie agro-alimentaire. Les réactions sur les blogs mobilisaient déjà des armées d'internautes. Le conflit opposait schématiquement deux camps : d'un côté, ceux qui voyaient l'œuf mayonnaise comme un symbole de la diversité culinaire, menacée par une bureaucratie aveugle ; de l'autre, ceux qui redoutaient qu'on réveille, au nom d'un banal plat de bistrot, les mauvais penchants d'une nation étriquée, moisie dans ses habitudes. Un débat s'ouvrait au Parlement.

Au-delà même des frontières, cet accès inattendu de folie française excitait les chroniqueurs. La presse anglaise et américaine ironisait sur le désespoir d'un peuple ayant perdu toute influence, réduit à se mobiliser pour la défense d'un usage barbare comme l'abus de nourriture grasse. Mais on voyait également fleurir en Amérique, au Japon, des comités de soutien à l'œuf mayonnaise, composés de vieux francophiles désolés de voir ce pays succomber, depuis trop longtemps, aux sirènes d'une modernité de pacotille.

Pourquoi certaines polémiques s'enflamment-elles ? Pourquoi d'autres retombent-elles dans l'indifférence ? Ces dernières années, cent pamphlétaires talentueux avaient soulevé des débats plus importants. Or, ce sujet qui paraissait le plus dérisoire devait marquer la fin d'un cycle de résistances isolées et permettre l'expression d'une révolte longtemps contenue. Des flots d'encre allaient couler pour tenter de comprendre ce qui se produisit alors, mais dont la réalité ne ferait bientôt plus de doute : *la révolution de l'œuf mayonnaise était en marche*. Et j'étais son prophète.

2

Un message du Général

Après une journée de travail à la clinique, Mustapha Zeggaï s'en retournait chez lui dans le quartier de la Châtaigneraie. Solide quadragénaire, le teint mat et le crâne lisse, il s'apprêtait à entamer le trajet séparant l'arrêt de bus de son pavillon – soit environ dix minutes de marche... mais le double quand les feux défavorables transformaient cette promenade en parcours du combattant.

À peine descendu de l'autobus, Mustapha devait en effet contourner l'immense rond-point du Flamant-Rose où un chapelet de voitures circulait sans interruption. Au moment d'entrer dans la ronde, la plupart des véhicules semblaient hésiter, si bien qu'une longue file s'étirait sur chacune des voies d'accès. Au centre du rond-point s'élevait une sculpture en ferraille censée représenter un flamant rose. L'infirmier ne connaissait rien à l'art contemporain, mais il observait avec scepticisme ces deux échasses rouillées symbolisant les pattes, et cette longue barre transversale figurant le bec. Il s'étonnait surtout qu'on eût choisi, comme emblème du carrefour, un oiseau menacé par l'extension du réseau routier qui enserrait les étangs de la région... Tout à ses réflexions, il patientait au premier feu pour traverser l'avenue du 18-Juin ; puis, en cas de synchronisation défavorable, il comptait deux minutes encore au boulevard des Droits-de-l'Homme ; et il s'arrêtait une troisième fois avant de traverser le cours Jean-Paul-II où d'autres voitures attendaient pour s'engager.

Mustapha Zeggaï se rappelait le temps, si proche encore, où ce n'était là qu'un modeste carrefour près des vignes. Un jour, à l'approche des élections, le maire avait lancé son « projet d'aménagement de la rocade sud » répondant à quatre priorités :

1°) *Rendre plus fluide la circulation automobile* (de fait, on avait doublé ou triplé toutes les voies existantes – mais, comme le nombre de véhicules dirigés vers ce secteur avait augmenté dans une proportion supérieure, les choses n'avaient fait qu'empirer) ;

2°) *Édifier une zone d'activité industrielle et commerciale du XXIe siècle, incluant des pôles scientifiques et culturels* (noble projet qui avait consisté à ouvrir un hypermarché, entouré d'une flopée de grandes surfaces de bricolage, chaussures, vêtements de sport, jardinage, pour créer hors de la ville un nouveau « centre ville » entouré de parkings. La culture se tenait dans un hangar métallique bâti sur le même modèle que les autres et faisant office de cinéma multiplexe – au moment où fermait la dernière salle obscure des vieux quartiers, condamnée par la flambée de l'immobilier) ;

3°) *Soutenir un projet d'habitat populaire* (après avoir rasé deux rangées de pavillons ouvriers, occupés principalement par des retraités, on avait édifié une zone de logement social : c'est-à-dire que, tout en abandonnant les beaux quartiers centraux à la loi du marché, on avait regroupé au bord du périphérique une centaine de familles soutenues par les associations de droit au logement ; les autres n'avaient qu'à se débrouiller).

Cette évolution n'enchantait guère M. Zeggaï qui avait précisément choisi d'habiter là, quinze ans plus tôt, parce qu'on y trouvait des maisonnettes bon marché sans avoir l'impression d'être le rebut de la société. Dans cet ancien quartier, entre ville et campagne, quelques grands arbres émergeaient des jardins et le centre historique n'était pas trop éloigné. Bref, il avait l'impression d'avoir réussi sa vie dans un joli coin de France – lui qui avait grandi à Oran avant d'émigrer vers une cité marseillaise… Or, lorsqu'il achevait enfin la traversée du rond-point pour s'engager cours du Moulin-Joli, Mustapha s'inquiétait de voir régulièrement de nouvelles maisons tomber sous la pioche des démolisseurs. À leur place, des édifices en verre fumé serviraient à reloger telle bibliothèque, tel service de santé ou telle administration contraints de libérer leurs anciens locaux vendus par la municipalité pour alléger ses dettes.

D'autres épreuves accompagnaient le retour du travail et repoussaient le moment d'une vraie détente. Dans la rue avoisinante se succédaient les murs taggés, et M. Zeggaï se demandait si les promoteurs eux-mêmes n'encourageaient pas ce genre de dégradation avant de tout racheter à bas prix. À l'approche de sa maison, il s'inquiétait également d'entendre le téléviseur hurlant de ses voisins au chômage. Ceux-ci ne quittaient leur tanière que le samedi pour s'approvisionner dans une grande surface discount. La mère donnait le bras au petit ami qui avait remplacé son deuxième mari ; le fils du premier mariage suivait sous sa capuche ; sa demi-soeur obèse refermait la marche en soufflant.

M. Zeggaï s'était longtemps regardé comme un homme privilégié dans un pays prospère. Il avait obtenu fièrement ses papiers français, mais il entrevoyait depuis quelque temps une réalité plus sombre. Dans des accès de pessimisme, il avait le sentiment d'appartenir à une société en décomposition où le commerce s'apparentait de plus en plus à l'escroquerie, où les riches s'enrichissaient et les pauvres s'appauvrissaient. L'égalité, passée de mode, était remplacée par le « soutien aux victimes » : femmes battues ou accidentés de la route qui excitaient la compassion des puissants. Quelques prophètes annonçaient une révolution, mais la morosité couvait comme du lait sur le feu ; elle jaillissait brièvement dans une grève, une flambée de voitures, un élan de révolte où se dévidait le trop-plein de rancœur… puis elle retombait comme si nul ne voulait compromettre ses derniers avantages de nanti occidental.

Les troubles récents avaient souligné une nouvelle fois le caractère imprévisible de ces débordements et le malaise qui s'exprimait sous les prétextes les plus minuscules. Tout était parti d'une pétition parue dans un journal pour la défense de l'*œuf mayonnaise*. Sur un ton sérieux qui frisait le canular, un groupe de « citoyens » clamait son indignation après qu'une norme sanitaire eut proscrit des restaurants toute forme de « mayonnaise maison » au profit de la mayonnaise industrielle. Cette protestation avait enflé en quelques jours pour donner lieu à d'intarissables débats, puis à une série de manifestations mobilisant tout ce que le pays comptait de mécontents. Dépassé par cette vague, le gouvernement avait demandé à l'administration européenne d'ajourner la directive. La Commission avait rejeté cette requête – poussée par une douzaine de petites nations qui souhaitaient voir la France cesser d'opposer ses exceptions à la règle commune. La crise était passée, mais tout semblait fragile, et les conflits absurdes se multipliaient. Hier encore, à Toulouse, un collectif de motards en colère avait croisé un rassemblement contre la circulation des vélos sur les trottoirs. Sans même savoir pourquoi les deux groupes avaient commencé à se battre, laissant un homme gravement blessé sur le carreau.

Plus préoccupante, aux yeux de Mustapha, était cette impression de naufrage collectif qui s'accentuait. Rien que cette semaine : un vieux palais de la République venait d'être vendu aux enchères ; le navire-école de la Marine nationale serait désarmé faute d'argent ; le service postal réduisait brutalement ses effectifs... Comment l'un des pays les plus riches du monde pouvait-il sembler si proche de la faillite ? Sous ses cheveux ras et ses solides épaules, M. Zeggaï s'indignait de cet abandon généralisé. Patriote comme ceux qui ont choisi leur pays, il s'agaçait également de la passion dévorante des Français pour les vedettes américaines, et de cette façon continuelle d'utiliser des mots anglais pour avoir l'air moderne – autant de contrariétés heureusement tempérées par l'optimisme naturel de son épouse.

Dès qu'il eut poussé la porte du jardin, il la reconnut près du potager où elle soignait son plant de tomates et cueillait du basilic. Alba, sans doute, avait grossi ces derniers temps, mais comment résister à ce sourire amoureux depuis dix-sept ans ? En l'entendant, elle leva son visage noir de Martiniquaise :

– Te voilà enfin, Mouss, la journée a été bonne ?

– Ça peut aller, renvoya-t-il négligemment. On a un vieux qui est mort… Je vais prendre un bain.

– Et manger une bonne petite salade ?

– Et manger ma bonne petite fiancée ! renchérit Mustapha, égrillard, en pressant le pas vers son Antillaise aux fruits mûrs.

Il la serra dans ses bras et ils restèrent un moment l'un contre l'autre, quand Alba susurra à son mari :

– Et puis, ce soir, on regardera *Le Grand Voyage* ?

D'un geste, Mouss repoussa sa femme puis la dévisagea avec indulgence :

– C'est vrai que tu adores ces âneries ! Non, ma chérie, tu ne m'en voudras pas, mais je te laisserai voir *Le Grand Voyage* toute seule – et je regarderai plutôt un film avec Maurice…

À ce nom, Mme Zeggaï prit un air accablé.

– Tu sais bien qu'il ne veut plus qu'on l'appelle comme ça !

Le dîner fut agréable : Mouss fit un effort pour ne pas appeler son fils « Maurice ». Il se contenta de « Momo », subtil diminutif qui permettait au garçon d'entendre « Mohammed », comme il l'exigeait désormais. Malgré le respect qu'il portait à son père, l'adolescent comprenait mal pourquoi Mustapha avait passé sa vie à vouloir devenir plus français que les Français, comme s'il avait honte de sa religion et de son peuple. Il se demandait surtout pourquoi ses parents l'avaient appelé Maurice, ce qui faisait ricaner ses copains du lycée auxquels ce prénom semblait ridicule, quand eux s'appelaient normalement Johnny, Jennifer, Kevin, Deborah, Steve, Elvis, Melody... Lorsque Momo, âgé de seize ans, s'était laissé pousser une barbichette de croyant, puis avait acheté un exemplaire du Coran, Mustapha avait connu l'accablement et conclu que son éducation se soldait par un échec. Sa femme, qui fréquentait un psychologue, avait tenté de le rassurer : probablement s'agissait-il d'une banale manifestation de la « crise d'adolescence ». Cet intérêt soudain pour la barbiche et le Coran n'allait pas nécessairement transformer Maurice en fou de Dieu.

Après la salade de tomates, Alba servit des pâtes au saumon que ses deux hommes mangèrent de bon appétit, tout en dénigrant son impatience de midinette pressée de découvrir la nouvelle étape du *Grand Voyage*. Elle n'était pas la seule. Chaque semaine, quinze millions de téléspectateurs se collaient à l'écran pour suivre ce magazine sensationnel qui relatait l'épopée de plusieurs couples de *seniors* à la rencontre des cultures traditionnelles. On avait vu Lionel et Sylvie en train de forer un puits au Sénégal ; puis Jackie et Corinne chassant le wallaby avec un groupe d'aborigènes australiens. Au cours du dernier épisode, Fred et Fanny avaient discuté avec un chef sioux du problème de l'alcoolisme chez les Indiens. Selon la chaîne de télévision, ce programme contribuait au « développement durable », tout en rappelant que la société avait besoin des *seniors* (Mouss se demandait pourquoi ce terme s'était répandu si vite en France). Une fois par semaine, l'animateur retrouvait ses trois couples en *prime time* (pourquoi ne pas dire « début de soirée » ?). Ce soir-là, les six joueurs avaient rendez-vous avec une tribu de la forêt amazonienne. Torse nu et peinturlurés, ils participeraient au repas traditionnel tout en évoquant le réchauffement de la planète.

Réfractaire à tout cynisme, Alba croyait à l'engagement individuel, même par le biais d'un programme télévisé. Elle était donc au rendez-vous, chaque jeudi, pour reprendre le fil du *Grand Voyage*. Mouss et Momo, de leur côté, ironisaient sur les goûts de la femme qu'ils aimaient le plus au monde. À la fin du dîner, quand le fils demanda sur un ton déprimé : « Qu'est-ce que tu leur trouves, à ces bouffons ? », le père ne put s'empêcher d'approuver en silence avant de lancer d'un air complice :

– Et si on regardait *La Traversée de Paris* ? Je l'ai pris au vidéoclub.

Maurice, alias Mohammed, se contenta de répondre avec un accent racaille :

– Papa, tu me gonfles avec tes vieux navets !

Alba se tourna vers son mari, le regard vainqueur, tandis que le fiston s'éloignait seul vers sa chambre. Sur le téléviseur du salon démarrait le générique du *Grand Voyage*. Dépité, Mustapha considérait tristement son dvd quand il entendit la voix de sa femme :

– Mouss, viens régler l'écran, s'il te plaît... Y'a de la friture.

M. Zeggaï soupira plus fort... mais cela ne lui déplaisait pas de rester indispensable ! En mari dévoué, il revint sur ses pas pour constater effectivement que des striures blanches et noires, très denses, masquaient l'image.

– Qu'est-ce que c'est ? demanda-t-il à voix haute.

Loin de se dissiper comme un simple parasite, l'effet persistait et Mouss redouta que l'appareil ne fût en train de rendre l'âme. Mais d'autres images se mêlaient maintenant à cette trame, comme si une émission en noir et blanc voulait remplacer le programme couleurs.

Soudain, derrière le crachotement qui brouillait le générique, M. Zeggaï entendit un bourdonnement qui s'amplifia peu à peu : trois notes aiguës tournant rapidement sur elles-mêmes. Passionné de films de guerre, Mustapha reconnut aussitôt l'indicatif de Radio Londres dans les documentaires sur la Résistance. Pendant toute l'occupation, ce même signal sonore moulinait sur les postes à galène, suivies par quatre coups de tambour et la phrase rituelle : « Les Français parlent aux Français. »

Il échangea avec sa femme un regard anxieux, se demandant si cette perturbation ne précédait pas l'annonce d'une catastrophe. Tout était possible à une époque où l'on se jetait en avion contre des tours et où des vagues géantes balayaient des régions entières… Pourtant, ces sons et maintenant ces images semblaient plutôt jaillis du passé. De plus en plus stupéfaits, M. et Mme Zeggaï distinguèrent alors, au milieu de l'écran, une silhouette assise derrière un micro. Et, tandis que l'image en noir et blanc se stabilisait, ils reconnurent enfin ce personnage familier, à la haute silhouette, sous un képi à deux étoiles. Devant eux, dans le flou d'un document historique, se tenait l'homme qui avait longtemps symbolisé la France aux yeux du monde : le général de Gaulle.

Cette apparition incongrue commença par les rassurer. Probablement s'agissait-il d'un document d'archives diffusé pour des raisons précises, voire d'un gag publicitaire. À mieux y regarder, toutefois, l'homme fixé par la caméra n'était pas exactement le vaillant soldat de 1940, ni même le sombre retraité de 1969. Son front parcheminé, ses grandes poches sous les yeux lui donnaient un air bien plus âgé encore, mais la ressemblance n'autorisait aucun doute : c'était bien lui – ou son sosie –

qui se raclait à présent la gorge devant un micro archaïque, tandis que Mme Zeggaï, perplexe, répétait à son mari :

– Qu'est-ce que c'est que ça ?

Au même moment, Momo débarqua dans le salon en s'exclamant :

– Hé, il se passe un truc bizarre. J'étais en train de zapper. Et maintenant il n'y a plus qu'un seul programme sur toutes les chaînes. Un type déguisé en de Gaulle...

Il interrompit sa phrase en voyant la même image sur le téléviseur de ses parents. Tandis que le silence retombait, le vieillard de l'écran dirigea son regard vers l'objectif, puis il ouvrit la bouche et prononça, d'une voix solennelle qu'il n'était pas difficile d'identifier :

> « Les gouvernements qui, depuis de nombreuses années, ont abandonné toute ambition digne de notre histoire... »

– C'est vraiment de Gaulle ? demanda Momo l'air ahuri.

– Chut ! répliqua son père, l'index devant la bouche.

Né quelques années après l'indépendance algérienne, Mustapha connaissait par cœur l'épopée gaulliste, sous l'influence de son grand-père, un ancien soldat de la France libre. Cette apparition du Général, aussi invraisemblable fût-elle, lui inspirait un respect quasi religieux.

Le personnage sur l'écran semblait sortir d'un long sommeil et son intonation se faisait peu à peu plus ardente :

> « Ces gouvernements, alléguant les impératifs de la construction européenne – y compris sous les formes les plus absurdes –, ont choisi de s'en remettre à une bureaucratie dont l'action ne répond en rien aux intérêts de la population... »

– Tu crois que c'est lui ? répéta Alba, abasourdie, tandis que son mari répliquait :

– Évidemment que non. Ce doit être un trucage. Des petits plaisantins se sont introduits dans le réseau !

Sous son visage ridé, l'orateur ponctuait ses mots de gestes brefs. De temps à autre, il levait une main pour souligner son effet ; l'autre poing restait serré sur la table et ses yeux sondaient le téléspectateur :

> « Aujourd'hui, un alignement suicidaire sur de prétendues normes internationales menace notre prospérité. La foi aveugle dans la loi du marché, l'économie sans règles, l'abandon de toute politique sociale volontaire, le renoncement à l'indépendance nationale et l'affaiblissement de notre langue mettent en péril l'existence même de notre peuple comme celle de la plupart des peuples du monde... »

Son timbre éraillé, un peu nasal, rappelait ces vieux acteurs dont le style s'était perdu dans le parler rapide et monocorde des jeunes Français :

– Tu crois que c'est seulement dans le quartier ? demanda Mouss à son fils.

– Attends, je vais regarder sur internet, répliqua Momo avant de filer vers sa chambre tandis que s'élevait, dans un élan presque musical, la péroraison du Général :

> « Mais le dernier mot est-il dit ? L'espérance doit-elle disparaître ? La défaite est-elle définitive ? Non ! Croyez-moi, moi qui vous parle en connaissance de cause et vous dis que rien n'est perdu. Car la France n'est pas seule ! Elle appartient à cette vaste Europe, à cette Europe *réelle*... »

Sa voix avait grimpé d'une octave sur la deuxième syllabe de « réelle ».

> « Cette Europe dont les peuples pourraient s'unir bien différemment de ce qui leur est aujourd'hui imposé : une Europe des nations, fières de leurs spécificités, attachées à leurs cultures, fortes de toutes les richesses léguées par l'Histoire... »

À chacun de ces mots, M. Zeggaï vibrait intérieurement. Maurice cria depuis le couloir :

– C'est dans toute la France ! Personne ne sait d'où ça vient.

La conclusion de l'allocution rappelait celle du fameux appel de juin 1940 que Mustapha avait souvent vu, accroché au mur de son aïeul :

> « Ce combat n'est donc pas limité au territoire de notre malheureux pays. C'est un combat

mondial. Mais, dans cette nouvelle bataille, le rôle de la France sera primordial si nous montrons la voie à d'autres peuples foudroyés par le totalitarisme économique. Terrassés par la force d'une idéologie, nous pourrons vaincre dans l'avenir par une conviction supérieure. Le destin du monde est là… »

Pendant une seconde, le vieillard sembla sonder l'âme de ses compatriotes, avant de prononcer pour la première fois ce nom que déjà chacun lui avait attribué :

« Moi, général de Gaulle, j'invite les citoyens français, avec leur intelligence et leur volonté, j'invite les ingénieurs et les ouvriers, les intellectuels et les artistes, les chômeurs et les militaires à se mettre en rapport avec moi. J'invite tous ceux qui partagent notre colère devant la situation à laquelle est réduit notre pays – comme la protestation autour de l'œuf mayonnaise en a donné récemment illustration – à se mettre en rapport avec moi… »

– C'est un gag, affirma Alba… De Gaulle n'aurait jamais parlé d'œuf mayonnaise !

– Évidemment que c'est un gag, renchérit Momo. Tu sais quel âge il aurait, de Gaulle ?

Le regard fervent de Mustapha semblait démentir cette interprétation. Il reconnut les derniers mots – ceux que son grand-père, ayant perdu la tête, répétait sans fin peu avant de mourir, avec son accent berbère :

« Quoi qu'il arrive, la flamme de la résistance française ne doit pas s'éteindre et ne s'éteindra pas. »

Puis il conclut :

« Dans une semaine, à la même heure, je parlerai de nouveau à la télévision. »

Tandis que l'objectif fixait cet homme impassible sous son képi de général à titre provisoire, on entendit à nouveau mouliner les trois notes qui, soixante-dix ans plus tôt, annonçaient les émissions de Radio Londres. Soudain, l'image se dissipa et fit place à celle de l'animateur du *Grand Voyage*. Complètement déconcerté, celui-ci adressa aux téléspectateurs un message d'excuses. Il promit que tout serait fait pour retrouver les responsables de cette plaisanterie douteuse et assurer le déroulement des programmes.

Quand Mustapha arriva à la clinique, le lendemain matin, une drôle d'atmosphère régnait dans les couloirs et les locaux du personnel. L'événement occupait toutes les conversations. Les collègues de travail s'interrogeaient sur ce montage vidéo, chacun y allant de son hypothèse. Mais ni les informations de la nuit ni les journaux du matin n'étaient parvenus à percer le mystère.

Mlle Brunelli, chef de salle, exprima son indignation devant ces internautes qui bafouaient toutes les lois et s'attaquaient maintenant à la télévision. Selon le docteur Verdier, la référence à l'œuf mayonnaise démontrait que ce trucage procédait d'un complot d'extrême droite. Pourtant, nombre d'infirmiers, d'aides soignants, de médecins et même de malades semblaient ravis. Tels ces enfants heureux lorsque d'abondantes chutes de neige entraînent la fermeture des écoles et instillent une dose d'imprévu dans le quotidien, ils évoquaient en souriant cette fantaisie que constituait le retour du Général. Quelques-uns avaient écouté attentivement son discours et semblaient même partager ses analyses sur les dérives de l'Europe. À la pause café, François, infirmier en chef, émit sa propre hypothèse :

– Vous vous rappelez ce film sorti en 1969, juste après que de Gaulle eut démissionné : quand un personnage réapparaît après avoir été congelé pendant des dizaines d'années ?

Thi-Lin, une aide soignante, s'en souvenait effectivement :

– *Hibernatus* ? Avec de Funès !

– Exactement, renchérit François. Suppose que le Général ait été congelé…

– …. pour réapparaître quand la France aurait besoin de lui ! poursuivit Mustapha d'une voix rêveuse.

– Vous délirez ! assura Thi-Lin en riant.

La conversation fut interrompue par l'intrusion du docteur Marie-Chantal de la Forge, codirectrice de la clinique, toujours souriante et pleine d'énergie devant le personnel :

– Mes amis, c'est fantastique !

Sous son impeccable blouse blanche, on devinait un tailleur cintré. Blonde solaire, la patronne semblait toujours sortir de chez le coiffeur et elle s'adressait à ses employés sur un ton un peu snob, mais plein de bienveillance :

– Comme une noble voix vient de nous le rappeler, soyons heureux d'être français !

Les aides soignants la regardèrent, ébahis, supposant qu'elle plaisantait. Nul n'avait pris cette allocution au sérieux ; mais nul n'osa contredire Marie-Chantal qui poursuivit sans réfréner son enthousiasme :

– Imaginez qu'on se rassemble dans un grand projet. Imaginez qu'on oublie la course au profit. Imaginez qu'on réinvente l'Europe. Imaginez que de Gaulle soit vraiment de retour. Est-ce que cela ne serait pas…

Elle sembla hésiter, cherchant son mot, tandis qu'une aide soignante lançait timidement :

– Comme un rêve ?

Marie-Chantal hocha la tête, puis elle se tourna vers un autre qui proposa :

– Ça donnerait un peu de sel à la politique.

Mustapha à son tour prit la parole :

– Ça voudrait dire que l'Histoire continue… et qu'elle continue ici même !

– C'est ça, mes amis, reprit la patronne. Le Général a besoin de votre optimisme, et je suis sûre qu'il n'a pas fini de nous étonner.

À ces mots, on vit s'entrouvrir la porte du fond, laissant apparaître une femme en chemise de nuit, le crâne couvert de bandages, l'air absent :

– Excusez-moi, mais je ne comprends pas ce que je fais ici. Pourriez-vous me raccompagner chez moi, s'il vous plaît ?

3

Que faire de ma bibliothèque ?

En réalité, ma pétition sur l'œuf mayonnaise s'était soldée par un flop. J'avais certes rassemblé quelques belles signatures et notre texte était paru dans la rubrique « libres opinions » d'un important quotidien… mais il était sorti un jour de grève et je l'avais cherché en vain dans les kiosques du quartier. J'avais repris espoir grâce au site du journal où une cinquantaine de citoyens y allaient de leurs commentaires et amorçaient un embryon de débat sur la mayonnaise… qui malheureusement ne monta pas. Dès le lendemain, tout était retombé dans l'indifférence et j'avais repris mes travaux, en vue d'une conférence sur la musique en Normandie au XIXe siècle que je devais donner au cours de l'été. Les délices du passé me feraient oublier les désagréments du présent. Du moins le supposais-je, sans deviner l'épreuve supplémentaire qui m'attendait aux premiers jours de juillet.

Depuis quelque temps déjà, quand je tapotais sur mon clavier, des élancements soudains dans la colonne vertébrale m'obligeaient à quitter ma chaise pour faire quelques pas. J'aurais dû me calmer, me soigner par le repos. Au lieu de cela, je m'agitai pour préparer mon départ au bord de la mer. Pendant tout un week-end je triai mes vêtements, me penchai sur des tiroirs, m'agenouillai dans des remises. Ayant chargé trois valises, je filai gare Saint-Lazare, où je poussai la première tout en tirant la seconde derrière moi, le corps tordu par un énorme sac en bandoulière. À la gare d'arrivée, je recommençai à tirer et à pousser jusqu'à la voiture qui était venue me chercher. Enfin je transportai mon chargement dans les escaliers de cette villa où je retourne chaque été, grâce à l'hospitalité de très bons amis.

L'urgence du voyage m'avait fait oublier que mon dos était fragile, que je n'étais plus un gamin et que mon corps ne pouvait plus supporter certaines épreuves sans se venger. Loin de telles pensées, je m'accroupis et me relevai vingt fois encore pour vider mes valises et ranger vêtements, livres, dossiers. Au loin, sur la mer, le soleil triomphant descendait lentement vers la ligne d'horizon. Je me balançai quelques instants sur ma chaise avant de consulter l'ordinateur de voyage qui m'oblige à me courber continuellement vers l'écran. À minuit, enfin, j'ouvris avec plaisir mon mauvais lit de campagne, véritable baignoire à ressorts où j'allais m'endormir pour ma première nuit de vacances.

C'est seulement vers quatre heures du matin, réveillé comme souvent par l'angoisse de la mort et quantité d'idées noires, que je sentis vivement cette douleur près du coccyx. Aussitôt je changeai de sens, puis m'allongeai bien raide sur le dos, avant de reprendre ma position initiale. La tenaille me pinçait toujours au même endroit et je gigotais sans retrouver le sommeil, quand perça la lumière d'un matin gris sur la Manche. Comme j'essayais nerveusement toutes les positions, les premiers oiseaux commencèrent à piailler. Je me levai pour boire un verre d'eau, avant de tirer plus soigneusement les rideaux dans l'espoir de dormir encore, mais la pince ne me lâchait plus.

À huit heures, tout moulu, je compris que l'enchantement du premier matin au bord de la mer ne serait pas pour aujourd'hui. J'avais mal partout, et la catastrophe se précisa au moment d'enfiler une paire de chaussettes ; car, situation nouvelle dans ma vie, je ne parvenais plus à atteindre mes pieds. Je me penchais en gémissant, je soufflais, mais en vain ; mon dos rouillé maintenait mes orteils hors de portée des mains, si bien que je dus me contenter d'une paire de pantoufles. Pis encore : sur la table du petit déjeuner, un magazine désignait le *lumbago* comme le « mal du siècle ». Cette affreuse souffrance me renvoyait parmi les victimes ordinaires de la modernité.

Je passai donc cette première journée à recueillir les conseils d'apothicaires improvisés : tous ces amis des maisons d'alentour que je retrouvais sur la plage à l'heure du bain. Habituellement j'étais le premier à mettre les pieds dans l'eau, puis à plonger dans cette mer émeraude pour m'éloigner du rivage... Aujourd'hui, j'avançais sur les galets à petits pas, incapable de nager. À chaque main que je serrais, j'entonnais un couplet sur mon mal de dos et la nécessaire prudence qui m'enjoignait d'attendre un peu. Tout en recueillant mes explications, la plupart des baigneurs laissaient paraître leur manque d'intérêt. La communion qui nous rassemblait habituellement dans les flots à dix-huit degrés manquait soudain de ferveur. J'aurais dû me le rappeler : nos maladies ennuient ceux qui ne souffrent pas.

Heureusement, l'économie humaine est ainsi faite que le malade finit par trouver un terrain d'entente avec certains individus passés par la même expérience. Leurs souvenirs se raniment pour évoquer leur propre guérison et dévoiler des remèdes infaillibles... mais contradictoires : l'un expliquant qu'il faut rester allongé le plus possible, l'autre assurant qu'il ne faut surtout pas s'allonger ; celui-ci recommandant les anti-inflammatoires, rejetés par celui-là comme trop dangereux pour l'estomac ; untel interdisant formellement les bains de mer, mais un autre assurant que, pratiquée avec souplesse, cette thalassothérapie constitue le meilleur des remèdes.

Je n'étais guère plus avancé. Chacun m'ayant communiqué son diagnostic et ses prescriptions, il était impossible d'insister davantage, au risque de devenir barbant. Pour me consoler, je finis par tremper les pieds dans la mer, mais seulement jusqu'au ventre, comme un impotent. Depuis un an, je rêvais d'ébats aquatiques. Aujourd'hui ce plaisir m'était interdit, sous peine de couler à pic ou de ressortir entièrement bloqué. Je rentrai à la maison la mort dans l'âme, songeant que mon séjour favori commençait sous de bien tristes auspices.

Enfant, je m'imaginais la vie des retraités comme une longue période de détente au cours de laquelle une famille aimante et des services sociaux compétents se chargent de vous rendre chaque instant agréable. Après une existence laborieuse viendrait l'heure de la récompense et son catalogue de plaisirs gratuits. Je ne mesurais pas à quel point le vieillissement s'apparente souvent à une épreuve physique, doublée d'une épreuve morale qui rend dérisoires les bénéfices de l'âge. En ce début d'été, âgé seulement de quarante-sept ans mais torturé par la douleur, j'avais l'impression d'entrevoir à quoi ressemble réellement la vieillesse.

Mes efforts pour rester allongé ou tenir debout, mes ingurgitations d'aspirine et de calmants en vente libre n'y changeaient rien : la sale bête me tenait du haut des fesses jusqu'au bas des côtes. Elle me pinçait sans desserrer ses mâchoires et la souffrance, maintenant, remontait le long du dos où elle enfonçait de nouveaux crampons, tandis que les beaux jours s'écoulaient à toute vitesse. Une seule pensée m'occupait : cette douleur qui envahissait la couleur du ciel, le bruit de la mer, le goût des repas et chaque instant de la journée. Après une vaine séance d'ostéopathie et l'échec avéré des médecines douces, il était temps de passer à la manière forte.

Sans plus attendre j'appelai le médecin du village. Apparemment enchanté de connaître un nouveau client, celui-ci m'annonça que sa consultation publique se déroulait cet après-midi même, à 13 heures 45. Avant de raccrocher, il me recommanda de ne pas oublier ma « carte Vitale ». Jamais encore je n'avais utilisé ce passeport électronique destiné au remboursement des opérations médicales ; cette fois, pourtant, signe de l'âge ou pressentiment, je l'avais glissée dans mon veston avant de quitter la capitale.

Avec cinq minutes d'avance, j'arrivai devant le cabinet situé dans le centre commercial de la commune, entre le salon de coiffure (un ex-coiffeur parisien devenu le chéri des dames du canton) et l'agence immobilière (florissante entreprise qui persuade chaque villageois que sa maisonnette vaut le prix d'un château). Juste à côté, l'épicerie répond aux besoins alimentaires avec un succès plus mitigé (le néo-paysan préfère l'hypermarché). La pharmacie, elle, ne désemplit pas : une litanie de femmes et de personnes âgées s'y succède du matin au soir et ressort chargée de pilules. Dans l'état où je me trouvais, j'entendais bénéficier moi aussi d'un remède chimique puissant, capable d'enrayer instantanément la douleur

Plein d'espoir, je vis sortir de voiture ce bon docteur à l'allure de solide paysan normand. Blond trapu, il ressemblait aux maquignons du marché de Gonneville où se négocient vaches laitières et taureaux de concours. Un bonjour viril acheva de me persuader que j'avais affaire à un homme concret, pragmatique, habitué à soigner les maux les plus divers dans son coin du pays de Caux. Il m'invita à entrer. Son cabinet avait l'aspect d'un bureau moderne, clair, meublé Ikea. Tout juste apercevait-on le lit médical dans un recoin. Sans doute m'y ferait-il allonger pour l'auscultation. Pourtant, comme je m'apprêtais à débiter le roman de ma douleur, je notai le faible intérêt du docteur pour mes divagations, tandis qu'une seule question semblait le préoccuper :

– Avez-vous pris votre carte Vitale ?

Réflexe d'un homme rompu aux formalités de l'ère numérique ? Moyen de s'assurer que je figurais bien dans le système ? La procédure médicale semblait exiger en tout cas la collecte des données insérées dans le rectangle plastifié que je sortis de ma poche. Sans un regard pour moi, le docteur prit la carte ; il la poussa dans un lecteur, puis fit pivoter son fauteuil d'un quart de tour vers l'écran où apparurent des données qui me concernaient – probablement mon identité, mon âge, mon domicile, la preuve de mon inscription aux assurances sociales... Je ne doutais pas que, même sans cette puce, le praticien m'eût reçu et prodigué les soins nécessaires en me gratifiant d'une bonne vieille *feuille-maladie* ; mais, puisque je possédais la carte, notre entretien devait suivre un certain ordre. Après avoir validé plusieurs fenêtres, puis ouvert un « dossier » à mon nom, l'homme se tourna enfin pour écouter mon laïus.

Je suis tellement hypocondriaque que je ne consulte presque jamais, de crainte que le médecin ne découvre quelque chose de grave. Lors de ces rares entretiens médicaux, j'ai en outre la manie de tout expliquer. Après m'être documenté sur mon mal, ses manifestations, son évolution, j'émets moi-même quelques hypothèses, agrémentées de suggestions de traitement. Ce jour-là, mon récit, nourri d'informations glanées sur internet, aboutissait donc à la conclusion « Voltarène » – ce puissant anti-inflammatoire délivré uniquement sur ordonnance et mauvais pour l'estomac. Je ne voyais pas d'autre issue : mon dos réclamait cette molécule.

Mes diagnostics se révélant généralement erronés, j'attendais une cinglante repartie du professionnel. À ma grande surprise, celui-ci parut satisfait que je lui dise clairement quel produit je souhaitais. Il se leva pour la forme et je m'apprêtais à me déshabiller, à m'allonger, à m'offrir... Mais il se contenta d'écarter un pan de ma chemise pour vérifier hâtivement le siège de la douleur, avant d'attaquer la seconde phase des opérations. C'est-à-dire qu'il s'assit de nouveau devant son ordinateur, agita les doigts sur son clavier, ouvrit des fenêtres et des onglets, confirma des ordres en appuyant sur la touche « entrée ». Après quelques minutes de silence, troublé par le seul cliquetis des touches, je n'avais plus l'impression de voir un docteur, ni un paysan normand, mais n'importe quel employé moderne devant son PC.

Ce médecin de campagne connaissait certainement son métier. Il avait étudié pendant sept ans, puis commencé à exercer avant la généralisation du micro-ordinateur. Je supposai toutefois qu'un glissement s'était produit, dans son activité comme dans toutes les autres, pour le détourner progressivement de la conversation, de la palpation, de l'auscultation, puis de la rédaction d'une ordonnance illisible, et pour mieux le rapprocher de son disque dur. On aurait dit que son ordinateur émettait des suggestions, proposait des choix respectant son expertise mais qui, malgré tout, encadraient sa pensée et son action.

Tandis que le clavier bruissait dans le silence, une vision apparut dans mon esprit. Depuis la disparition des secrétaires, le monde du travail s'était transformé en immense secrétariat. Chacun, presque seul, accomplissait toutes les tâches. Même les patrons d'entreprises, en cravate et bras de chemise, pianotaient devant des écrans plasma dans leurs bureaux de cent mètres carrés. Inversement, quelque chose d'exotique et d'inaccessible émanait des vieux films d'espionnage où de vraies secrétaires blondes en tailleur apportaient des parapheurs, prenaient une lettre à la dictée, passaient des communications téléphoniques avec un pays lointain. Tout ce luxe perdu, tout ce sex-appeal du travail s'était réduit à un échange solitaire entre l'homme et la machine.

Aujourd'hui, toutefois, une nouvelle étape était en passe d'être franchie ; car non seulement l'ordinateur avait remplacé la secrétaire médicale, non seulement le médecin devait accomplir seul, en présence du patient, les tâches minutieuses autrefois dévolues à son assistante. Mais, désormais, il semblait agir lui-même comme subalterne d'un programme, relié à divers réseaux extérieurs qui lui indiquait le cheminement pour me délivrer la précieuse ordonnance. Simple exécutant de ce donneur d'ordres, il était devenu *le secrétaire de son ordinateur*.

Quand le docteur eut fini de remplir les cases, il marqua un temps d'arrêt avant d'appuyer sur la touche « entrée » et j'entendis le mouvement d'une feuille, puis d'une autre dans l'imprimante.

Enfin il posa les papiers sur son bureau, les signa d'une belle écriture, et me les tendit avec un sourire chaleureux qui signifiait : « C'est fini. » Tout était là, devant moi : le traitement à suivre, découlant d'un diagnostic qui correspondait à ma demande. À ma vive satisfaction, le premier médicament de la liste était un générique du Voltarène, et le deuxième une pilule pour la protection de l'estomac, auxquels s'ajoutaient un troisième et un quatrième dont la prescription me semblait excessive, mais qui répondaient à mon désir d'un remède de cheval et à la nécessité de soutenir l'industrie pharmaceutique.

Deux jours plus tard, ma douleur commença effectivement à disparaître. Je retrouvai les bains de mer et la complicité de mes camarades de plage. Oublieux de mon vieillissement, devenu indifférent à la souffrance des autres, je pouvais enfin communier dans l'eau salée, tout en songeant que la médecine numérisée ne fonctionnait somme toute pas si mal.

Chaque matin, comme tout le monde, je pianotais sur mon clavier. Avec jubilation, je remplissais des pages que je pouvais aussitôt corriger en vérifiant certains détails sur internet. Le soir, je répondais à mon courrier des quatre coins du monde. N'étais-je pas plutôt chanceux de vivre en un temps où chacun, jusqu'au fin fond des campagnes, disposait de moyens de connaissance extraordinaires ? Au milieu des vacances, une nouvelle forme d'inquiétude commença pourtant à m'envahir.

Deux mois plus tôt, j'avais entrepris cette recherche sur l'histoire musicale de la côte normande. Ma conférence, dans une station balnéaire voisine, ferait courir quelques douzaines de vieilles filles qui trouvaient important de savoir que, vers 1890, le compositeur André Messager *se rendait fréquemment du Havre à Étretat à bicyclette* ; et que, vingt ans plus tôt, Jacques Offenbach *allait boire du chocolat chaud* dans une auberge située à quelques kilomètres du cap d'Antifer. À la fin de cet exposé, relevé par des citations bien choisies, les bourgeois en vacances et les retraités endimanchés m'applaudiraient frénétiquement, ravis de faire leurs emplettes culturelles auprès d'un écrivain tellement érudit (moi), tandis que, du coin de l'œil, par la fenêtre du casino, je regarderais avec mélancolie la mer, les vagues, les galets où s'ébattraient des éphèbes et des nymphettes indifférents à tout ce passé.

Ils avaient peut-être raison. Rien cependant ne pouvait réfréner mon attirance pour une époque où le monde entier ne portait pas encore des noms de marques, où le casino de Deauville ne s'appelait pas *Casino Barrière de Deauville,* et où le Prix d'Amérique n'était pas devenu d'*Amérique Marionnaud*. Avant mon départ, j'avais donc rassemblé quantité d'informations sur les concerts du casino de Dieppe au temps de la duchesse de Berry ; sur les séjours de Massenet à Étretat ou sur la villa d'Albert Roussel à Varengeville. N'ayant pas le temps de tout lire, j'avais entassé dans mes valises plusieurs kilos d'ouvrages rares qui avaient contribué à la démolition de mon dos. Ces derniers jours, occupé à fignoler ma conférence, je m'avisai toutefois que la proportion de renseignements disponibles sur le réseau augmentait continuellement.

Il faudrait être absurdement pessimiste pour déplorer cette évolution. Jeune homme, je trimbalais en vacances une bibliothèque entière – dont je ne lisais pas la moitié, mais qui m'apparaissait comme le nécessaire de culture portable. Devenu journaliste, je devais parfois emporter plusieurs lourds volumes en prévision d'un seul article. J'en étais même venu à doubler les usuels de ma bibliothèque parisienne dans les lieux où j'allais régulièrement, comme cette villa au bord de la mer ; mais je n'avais jamais le bon livre sous la main. Désormais, Wikipedia et quantité de pages spécialisées m'apportaient l'essentiel du savoir courant, ce qui marquait objectivement un progrès. Je pouvais goûter en outre la satisfaction de demeurer *supérieur à internet* sur certains sujets pointus. Mais cet été, pour la première fois, je voyais se multiplier les informations savantes, diffusées en ligne par des érudits qui semblaient connaître les plus rares volumes de ma collection.

Ce progrès supplémentaire suscita chez moi une vague de de mélancolie. Patiemment constituée au fil des ans, ma bibliothèque s'était organisée comme un miroir de mes ambitions. Année après année, je l'avais agrandie, faisant fabriquer de solides étagères où j'accumulais mes trésors littéraires et musicaux : souvenirs glanés chez les bouquinistes, almanachs et revues d'époque, partitions rares, journaux intimes et correspondances classés par sujets ; sans parler des archives héritées de vieux témoins dont les familles connaissaient mon intérêt pour ces questions minuscules. À cela s'ajoutaient les rayonnages où je conservais mes propres livres dans différentes éditions ; et ces rangées de revues dans lesquelles j'avais publié... Bref : ma vie, mon œuvre, mon château de sable tenaient tout entiers sur les murs de mon bureau, que je contemplais avec une fierté enfantine. J'avais d'ailleurs prévu de léguer un jour ce trésor à la bibliothèque municipale de ma ville natale, où d'obscurs chercheurs découvriraient mes traces comme j'avais retrouvé celles d'artistes oubliés.

Pour moi qui étais né en 1960 et qui appartenais à la catégorie dite des « intellectuels », l'essentiel tenait donc dans ces objets imprimés qui racontent l'histoire des hommes. Et je n'étais pas moins attaché à mes autres collections, comme ces milliers de disques alignés dans mon appartement, où des œuvres rarissimes figuraient dans les meilleures interprétations. Qui étais-je sur cette terre ? Je n'aurais su répondre, sauf en expliquant : « Je suis cette bibliothèque, je suis cette discothèque, je suis ces tableaux amoureusement choisis, qui constituent le cadre de mon existence. » Ce fétichisme n'avait rien d'extraordinaire pour un homme de ma génération. Même sans en faire leur métier, la plupart de mes contemporains consacraient leur argent et leurs loisirs à constituer ces sélections personnelles de disques de rythm'n blues ou de films japonais qu'ils montraient fièrement aux autres comme un double de leur identité.

Or, depuis quelques années, cet édifice semblait sur le point de perdre toute valeur. Je l'avais senti une première fois lorsqu'un bon camarade, féru d'informatique, avait entrepris de copier sur internet les enregistrements des musiciens qui m'intéressaient. Chaque fois que je lui citais un chanteur, un compositeur, un interprète, il m'envoyait illico l'œuvre intégral de l'artiste en question – me procurant en un clin d'œil ce qu'il m'aurait fallu des années et beaucoup de moyens pour glaner dans les magasins. Le coût et la patience qu'avaient requis mes collections paraissaient soudain dérisoires.

À quelques jours de la conférence, un autre détail renforça ma tristesse. Chaque matin, j'appelais un vieil ami attentif à mes travaux. Ayant presque tout lu, cet érudit adorait m'apporter des compléments d'information. Quand je lui parlais d'une anecdote ou d'un personnage, il savait toujours me dire : « Tu devrais regarder dans les Mémoires d'untel », ou encore : « Il me semble que cette chanteuse a également tourné dans ce film en 1927… » Mais, ces derniers temps, lorsqu'il cherchait une précision dont personnellement j'ignorais tout, il me suffisait de taper des mots clés sur Google pour obtenir la réponse *avant lui*. Tandis qu'il réfléchissait à voix haute au téléphone, mon ordinateur le doublait ; et j'avais honte de dénicher ainsi le détail qu'une vie de lectures lui permettait de retrouver plus lentement.

Alors, pour la première fois, j'ai supposé que ce qui avait constitué le sel de ma vie – et, avant moi, de celle de mon père, de mon grand-père, de mon arrière-grand-père – allait perdre tout caractère sacré. Ces livres et ces disques n'étaient pas des objets extraordinaires mais des supports périmés. Mes précieuses archives ne constitueraient bientôt plus qu'un tas de papier numérisé : bon à bazarder. Le monde avait tellement changé en quelques décennies que mes neveux, équipés de leurs téléphones dernier cri, pourraient télécharger n'importe où, n'importe quand, les œuvres, les sensations, les informations, les trésors qu'il fallait, hier, une existence entière pour accumuler. Chaque homme seul devant son ordinateur accéderait à une connaissance infinie – comme l'avait prédit Jean-

Marie Messier, pdg de Vivendi Universal, juste avant de faire faillite.

L'été commençait à reculer. Chaque soir, le soleil se couchait plus tôt sur la mer. Mes journées s'écoulaient entre le bureau et le piano, dans cette grande villa entourée de pins maritimes. À treize heures précises, je me rendais à la plage pour d'agréables conversations, avant de regagner la maison où parfois, la nuit, je traînais en écoutant *Black Sunday* de Cypress Hill. La rythmique sensuelle et les voix éraillées du rap californien me réconciliaient avec mon époque. Traînant encore sur le réseau, j'y glanais quelques vidéos de James Brown en train de danser qui me tiraient des larmes de joie.

D'un côté, j'aime cette vie qui me sourit ; je déambule agréablement de maison en château ; je donne l'exemple d'un être bien adapté, jouissant du meilleur de l'existence. D'un autre côté, j'adore m'emporter contre la marche du monde, m'indigner depuis mon fauteuil contre tant de changements fâcheux, déplorer l'enlaidissement des campagnes face aux paysages splendides où je séjourne... Je ne suis pas exactement un passéiste inconsolable ; mais, devant chaque nouveauté, je ne puis m'empêcher de mesurer aussi ce que nous perdons. La modernité m'enchante ; la fuite en avant me désole. J'apprécie les performances du train rapide, mais j'aime autant le vieil autorail dont on baissait les fenêtres pour pencher la tête au-dehors et se laisser fouetter par le vent parfumé. Et, surtout, je me demande pourquoi il serait plus important de regarder vers l'avenir que vers le passé, quand tout cela se vaudra dans l'infinité du temps.

À chaque instant qui commence, je regrette donc l'instant qui s'en va comme s'il s'agissait d'un ami cher et d'un fragment de ma propre mort. Je voudrais rendre vie aux beautés évaporées, aux souvenirs à jamais perdus. Mon présent et mon avenir se nourrissent de vieux livres et d'images en noir et blanc. Je rêve de conjuguer le passé au présent et le présent au futur, pour oublier que, de tout cela, il ne restera rien.

4

Les conquêtes du Général

À ses moments perdus, Mustapha Zeggaï dévorait des albums illustrés retraçant l'épopée de la Résistance. À la médiathèque il empruntait des documentaires sur la guerre. Ce monde encore proche et déjà si lointain éveillait en lui des sentiments héroïques : quand le peuple de l'ombre combattait la tyrannie ; quand le chant des fusillés exaltait le courage et la fierté. Il imaginait ce temps où le charbon des cheminées noircissait les murs des villes, où les campagnes sous la neige accueillaient les citadins réfugiés. Dans ces images morcelées, l'Histoire se confondait avec la légende, la bataille d'Angleterre avec un film aérien, le débarquement avec *Le Jour le plus long*. Quant au marché noir, il ressemblait probablement à cette *Traversée de Paris* où Jean Gabin et Bourvil débarquaient, 45, rue Poliveau, chez le sordide « M. Jambier ». Envahissant les nuits de Mustapha, des avions ronronnaient au-dessus des villes ; des bicyclettes remplaçaient les voitures, faute de carburant ; des vedettes du music-hall chantaient dans les cabarets et se moquaient à demi-mot des officiers allemands qui applaudissaient, séduits par la fantaisie du *Gross Paris*. Même les méchants avaient l'air de monstres mythologiques : l'énorme Goering plein de morphine dans son costume blanc, Hitler esquissant un pas de danse avec Eva Braun devant les montagnes de Berchtesgaden, Himmler conduisant les forces de la mort dans son uniforme Hugo Boss.

Mais, lorsqu'il songeait à de Gaulle, l'infirmier éprouvait un sentiment différent, venu des profondeurs de l'enfance. Il revoyait son grand-père, ancien combattant de l'armée française, qui adulait l'homme de Londres. Plus tard, à l'école, il avait découvert les humiliations infligées aux Algériens par les Français ; il connaissait les massacres de Sétif, en 1945, et la froideur du Général en cette circonstance… Oui, de Gaulle était souvent froid, pragmatique. Mais n'avait-il pas, ainsi, rendu possible l'indépendance algérienne, malgré l'opposition de son propre camp ? Quant aux pouvoirs corrompus qui se succédaient dans son pays natal, ils n'avaient guère de leçons à donner à l'ancien colonisateur. Né de ces contradictions, Mustapha était finalement devenu français ; et lorsque cet homme était réapparu sur son téléviseur, c'était comme si son propre aïeul lui adressait un message de l'au-delà.

Au lendemain du mystérieux discours qui avait mis en émoi la France entière, M. Zeggaï se dirigea donc, en fin d'après-midi, vers le bureau de sa patronne, le docteur Marie-Chantal de la Forge. Il frappa timidement avant de pousser la porte et d'avancer vers cette femme au sourire involontairement hautain qui faisait bredouiller ses subalternes en cherchant à les mettre à l'aise. Cette fois, pourtant, Mustapha n'hésita pas. Se rappelant l'enthousiasme qu'elle avait manifesté le matin même, il s'exprima sans détour.

– Madame, j'ignore ce que c'est. Personne n'y comprend rien. Mais, l'espace de quelques secondes… Comment dire ? J'ai eu l'impression que de Gaulle parlait vraiment !

L'infirmier savait que la réapparition d'un personnage né en 1890 – donc âgé au bas mot de cent vingt ans, et d'ailleurs mort et enterré depuis 1970 – était invraisemblable. Il lui semblait pourtant que l'image de cet homme et les termes de son message portaient une vérité mystérieuse. Marie-Chantal répondit avec la même franchise :

– Ce discours m'a chavirée moi aussi, mon cher Mustapha. Depuis ce matin, je me répète qu'il s'agit d'un absurde trucage. Mais je suis émue par votre réaction.

– Que va-t-on faire, alors ?

À l'idée d'agir, la directrice se redressa. Dans son tailleur beige d'une élégance toute française, elle ressemblait aux patriotes des films de guerre et lança avec ferveur :

– Nous devons nous tenir prêts, Mustapha. Nous ne savons pas encore où ni comment, mais le Général… enfin, cet homme a promis une nouvelle intervention la semaine prochaine. Cela nous aidera à y voir plus clair.

– Et en attendant… ?

– En attendant, on sourit, on parle, on échange, on essaie de faire partager l'espoir d'une renaissance. On donne l'exemple du vrai gaullisme, quoi !

– Madame de la Forge, je n'ose vous demander… Ça me ferait plaisir que vous veniez prendre un verre à la maison, pour qu'on reparle de tout ça.

Il ajouta comme pour la convaincre :

– C'est tout près de la rocade sud, au rond-point du Flamant-Rose.

À cette expression *rocade sud*, Marie-Chantal parut intriguée, comme si M. Zeggaï parlait de la banlieue de Johannesburg. Ils n'appartenaient pas au même milieu ; mais son subalterne avait lancé spontanément l'invitation et tous deux semblaient vouloir croire que, sous la bannière de la résistance, de nouvelles rencontres étaient possibles. La doctoresse chuchota :

– Restons discrets, monsieur Zeggaï. Mais comptez sur moi : je passerai vous voir… près de la rocade sud.

– Merci beaucoup, madame de la Forge ; je vous présenterai ma femme et mon fils.

Tout le monde, dans le pays, ne partageait pas leur foi. S'en tenant à la raison, la plupart des téléspectateurs avaient écarté l'hypothèse d'un véritable retour du Général. Son apparition ressemblait plutôt à une plaisanterie d'étudiants assez doués pour pirater les réseaux. Il fallait toutefois distinguer ceux qui avaient trouvé amusant ce vieux héros parlant comme une marionnette, et ceux qui jugeaient scandaleux de jouer avec l'image, la voix et la mémoire du grand homme. Une ligne de partage se dessinait également entre ceux qui approuvaient le discours du pseudo-de Gaulle sur l'évolution de la France, et ceux qui n'avaient entendu qu'un message ridicule, d'un nationalisme suranné.

L'attitude la plus ferme, qui ne se fit pas attendre au lendemain de l'appel télévisé, fut toutefois celle de la ministre de l'Intérieur. Au cours d'une conférence de presse, loin de goûter le canular, elle parla de « menace terroriste », selon l'expression désormais usuelle chaque fois qu'un grain de sable venait perturber l'ordre public. Farceurs ou groupes armés, l'époque n'était pas aux nuances. La menace rôdait partout. Les déclarations de la ministre furent donc suivies par le déploiement de militaires devant les locaux des grandes chaînes de télévision et autour des émetteurs. Quelques jours plus tard, des bataillons de policiers cagoulés débarquaient avec fracas chez plusieurs petits génies de l'informatique répertoriés par les services de renseignement et désignés comme « un vaste réseau clandestin » – mais au terme de la garde à vue, il fallut relâcher ces bidouilleurs, faute de preuves. L'enquête avançait sans offrir la moindre explication sérieuse à l'intervention du prétendu de Gaulle.

Comme on pouvait le prévoir, la suspicion se porta également sur les collectifs « œuf mayonnaise » qui s'étaient constitués dans plusieurs grandes villes au printemps précédent. Pourquoi ce « Général » les avait-il évoqués dans son message ? Jouant l'apaisement sur ce dossier, le gouvernement craignait toutefois de relancer l'agitation par une attitude trop agressive. La police se contenta donc d'une surveillance discrète qui ne déboucha sur rien : les militants de la mayonnaise maison semblaient eux-mêmes surpris par l'intervention de l'homme du 18 Juin qui semait la zizanie dans leurs rangs déjà divisés. Pour les altermondialistes, ce montage télévisuel cherchait à instrumentaliser le mouvement dans une direction rétrograde et cocardière (selon eux, l'œuf mayonnaise ne pouvait être que le point de départ d'un rassemblement mondial anticapitaliste). Pour les conservateurs, au contraire, l'œuf mayonnaise était un symbole français ; mais l'absurde mise en scène de ce centenaire, faisant référence à l'identité nationale, visait à ridiculiser leur combat.

Le samedi suivant, dans plusieurs grandes villes, on vit toutefois se former quelques groupes d'illuminés, persuadés que l'apparition du Général annonçait une renaissance. Leurs revendications inscrites sur des banderoles croisaient tous les thèmes dans une certaine confusion :

Pour une France vraiment libre !

Halte à la dictature de l'économie de marché !

Vive l'Europe des nations,
Vive l'Europe des différences,
Vive la mayonnaise aux œufs frais !

Dans leur ville du Languedoc, sur la grand-place des Arènes, M. Zeggaï et Mme de la Forge figuraient parmi les manifestants sous l'œil des badauds ; mais la police demeurait à l'écart. Ici comme partout en France, les pouvoirs publics faisaient profil bas. La mauvaise blague allait finir ; les risques d'une nouvelle intervention de cet imposteur étaient à peu près nulles ; le mouvement retomberait avec les feuilles d'automne.

Un mélange d'impatience et d'anxiété rassembla donc, le jeudi suivant, plusieurs dizaines de millions de citoyens devant leurs téléviseurs. Cette fois même, la planète entière se tenait au rendez-vous sur internet. À vingt heures précises, tous les regards scrutaient les écrans sans y croire, quand des parasites interrompirent les émissions diffusées par les chaînes publiques. Exactement comme la semaine précédente, et malgré toutes les précautions logistiques, une image en noir et blanc vint se superposer à l'image en couleurs, tandis qu'on entendait mouliner l'indicatif de Radio Londres. Quelques secondes plus tard, devant les visages furieux de certains, les yeux ahuris des autres, les sourires enchantés des enfants et des poètes, chacun vit apparaître dans la pénombre, en veste militaire, la silhouette du vieillard au grand nez, coiffé du même képi étoilé. Alors, sans attendre, l'homme reprit son discours scandé de gestes, en faisant vibrer sa voix pour marquer les moments essentiels :

> « Trop de démissions, trop d'humiliations acceptées par les gouvernements successifs ont donné l'illusion que notre peuple allait plier l'échine et s'effacer. La résignation de ceux-là mêmes qui auraient dû combattre pour la grandeur française… »

Sur ce mot il était passé du grave à l'aigu, puis il continua :

> « … m'a conduit à sortir une nouvelle fois de ma retraite. »

Cette voix, les plus âgés l'avaient entendue dans leur jeunesse. Les cadets savaient au moins que de Gaulle était la dernière légende nationale, le chef de la Résistance, le fondateur de la Cinquième République, qui avait laissé son nom à la plus célèbre place de Paris et au plus grand aéroport de France. Pourtant, cette familiarité ne suffisait pas à rendre l'hypothèse vraisemblable. Certes, le personnage qui se tenait à l'écran semblait infiniment plus vieux que l'illustre Président au déclin de sa vie, lorsqu'il arpentait l'Irlande au bras de son épouse. Devant cette peau striée par d'innombrables rides, ces poches sous les yeux, il fallait donc imaginer que le même de Gaulle, à cent ans passés, s'exprimait aujourd'hui devant la caméra. Sauf que la raison interdisait d'y croire.

Le revenant reprit son discours avec lyrisme :

> « Pour dérisoire qu'elle puisse paraître, l'affaire de l'œuf mayonnaise a montré, parmi tant d'autres exemples, comment l'Europe est devenue l'empire du renoncement, pressé d'en finir avec ses caractères et sa diversité pour se soumettre aux seuls intérêts du capitalisme mondial. »

Sa main soulevée, le pouce en l'air, avait donné toute leur force à ces mots. Mais pourquoi parlait-il encore de l'œuf mayonnaise ? Cette référence balayait le sérieux du propos. Le Général poursuivit cependant, comme pour répondre à cette inquiétude :

> « On dira que je m'accroche à des combats minuscules, à des enjeux périmés. Mais je

réponds aux oiseaux de mauvais augure que, dans ce monde vaste et ouvert qui est le nôtre, le rôle des nations, de leur histoire, de leur langue et de leur culture n'est pas une question subalterne ni périmée. Car leur disparition accélérée engendre une société bien pire encore, où s'affrontent les intérêts financiers, les archaïsmes religieux et toutes les tribus de l'humanité en déroute. »

Tandis que les téléspectateurs ébahis suivaient ce programme inattendu, les spécialistes de la police audiovisuelle, rassemblés dans un laboratoire de la Direction centrale du renseignement, tentaient de remonter à la source et d'y comprendre quelque chose. Ils arrivèrent à une conclusion : cette apparition n'était pas un montage d'enregistrements anciens. L'homme qui s'exprimait, grimé en de Gaulle, se trouvait bien quelque part à l'instant même ; et ceux qui diffusaient ces images cherchaient à faire passer un message qui se précisa dans la conclusion :

« Ce combat ne doit pas se limiter au territoire malheureux de notre pays. C'est un combat mondial. Toutes les fautes, tous les retards, toutes les souffrances n'empêchent pas qu'il y a, dans l'univers, tous les moyens nécessaires pour vaincre un jour nos ennemis : la surproduction, l'exploitation, l'uniformisation, la destruction des ressources planétaires. Mais, dans cet ultime combat, seuls l'honneur et la volonté de la

France pourront servir d'exemple pour que se lève partout la flamme de l'espoir. »

Sur cette formule, il posa ses mains devant lui et demeura silencieux face au vieux micro à l'allure de passoire métallique. Ses grands yeux sombres dégageaient une force hypnotique. Puis l'image se brouilla, on entendit au loin Radio Londres et les animateurs reprirent l'antenne, un peu moins surpris que la semaine précédente.

Le retour du Général, au jour et à l'heure annoncés, fit pourtant l'effet d'un cataclysme politique. Autant, la première fois, chacun avait tenté de minimiser la « mauvaise plaisanterie », autant cette seconde intervention envahit tous les débats, en France et dans le reste du monde. Certains journalistes s'intéressèrent sérieusement à la théorie d'*Hibernatus*, laissant supposer que de Gaulle aurait pu être congelé, en 1970, pour préparer son retour. Selon d'autres hypothèses, aussi extravagantes, il aurait réellement atteint l'âge de cent vingt ans, qui ne constituait pas un record absolu (Jeanne Calment, la doyenne des Français, étant morte à cent vingt-deux ans). Dépassé par les transformations sociales de Mai 68, le Général aurait fait annoncer sa mort tout en poursuivant secrètement son existence à Colombey-les-Deux-Églises. Dans un ultime élan, sentant sa dernière heure arriver, il aurait enregistré ces allocutions testamentaires.

Pour mettre un terme aux hypothèses les plus extravagantes, certains analystes prônèrent l'ouverture du tombeau de Colombey et l'exhumation du cercueil afin de procéder à des analyses d'ADN. À cette perspective, la famille du grand homme réagit par un communiqué indigné. Elle n'émit toutefois aucun commentaire sur les événements, et ce silence excita d'autres interprétations. L'une des plus répandues attribuait les discours télévisés à l'amiral Philippe de Gaulle, qui approchait l'âge de quatre-vingt-dix ans et dont chacun connaissait la ressemblance frappante avec son père. L'amiral, qui n'avait jamais brillé par l'ambition, s'empressa de démentir ces allégations sans toutefois jeter le discrédit sur les interventions pirates.

Autrement virulente fut la déclaration du président de la République au cours de l'inauguration du Salon de la croissance verte. Abandonnant la discrétion dans laquelle il se tenait depuis le début de l'affaire, le chef de l'État, en quelques mots cinglants, se déclara choqué – comme ancien leader du parti gaulliste – qu'on détournât la figure du Général pour propager un message nationaliste et xénophobe. Il voyait là une manipulation antidémocratique visant à mettre en péril la nécessaire réforme constitutionnelle : cet ambitieux projet par lequel la France adapterait prochainement ses institutions au fonctionnement de l'Union européenne en transférant de nouveaux pouvoirs à Bruxelles. Le chef de l'État promit une punition sévère aux coupables et réaffirma le cap de sa politique : vaille que vaille, il conduirait cette réforme qui correspondait aux intérêts des Français et se situait dans la droite ligne de l'héritage gaulliste.

La réponse ne se fit pas attendre. La semaine suivante, à vingt et une heures, de Gaulle faisait sa troisième apparition dans la même image en noir et blanc traversée de parasites. Comme les spectateurs le remarquèrent d'emblée, la mise en scène avait subi quelques changements : car il ne s'agissait plus d'un discours mais d'une interview. Assis en uniforme derrière son bureau, le vieillard répondait aux questions d'un interlocuteur qu'on apercevait de dos, sans discerner son visage. Et ce journaliste, sorti lui-même du fond des âges, s'exprimait avec une voix de prélat, dans un style plein de déférence :

> « Mon général, que pensez-vous de la réaction du président de la République à votre appel ?
>
> – Comme Français, je respecte la fonction présidentielle. Mais peut-on prendre au sérieux des hommes d'État qui se réclament du gaullisme tout en s'acharnant à liquider la liberté d'action et l'indépendance de notre pays ? Depuis des années, ils ont placé nos forces armées au service des seuls intérêts américains. Et, pour le reste, ils imposent aux Français une

Europe terne, sans caractère, sans autre projet que “je te vends”, “je t’achète” ! »

Il avait dit ces mots sur un ton volontairement ahuri, comme pour souligner la bêtise d’un tel projet, avant de reprendre :

« Ils encouragent la liquidation des services publics. Aujourd’hui, ils s’apprêtent à détruire la constitution de la Cinquième République pour favoriser la dissolution de la France dans un syndicat de commerçants... Voyez-vous quelque chose de gaulliste là-dedans ? »

Cette phrase s’acheva sur une grimace désabusée tandis que le journaliste insistait :

« Le Président juge également indécente la façon dont – je cite, mon général – on utiliserait votre image comme une marionnette. »

Les yeux soudain brillants, le vieillard éleva la voix sur un ton goguenard :

« Eh bien, rassurez-le : je suis bien vivant ! Je pense et j’agis par moi-même. Et si je suis revenu, c’est pour dire que la France en a assez, que l’Europe en a assez ! On ne peut pas, gouvernement après gouvernement, de gauche comme de droite, balayer d’un revers de main l’histoire de notre continent, son système social, sa juxtaposition de cultures faites pour se compléter, non pour se neutraliser !

– Vous prônez donc une autre voie ?

– Je prône la voie de l'intérêt national et de l'intérêt européen. Et, pour cela, j'appelle solennellement tous les Français sans distinction à me rejoindre. J'appelle les hommes et les femmes, les chrétiens et les musulmans, les juifs et les athées, les ouvriers et les paysans, les employés et les chômeurs… »

Le Général se racla la gorge, puis regarda rapidement la feuille posée devant lui avant de reprendre cette énumération, incluant des catégories dont il n'avait jamais encore parlé :

« J'appelle les homosexuels et les transsexuels, les motards et les cyclistes, les fumeurs et les non-fumeurs, les rockers et les teufeurs, les sportifs et les handicapés, à tous se rassembler pour reconstruire notre pays. Et je leur donne rendez-vous dans une semaine à la même heure.

– Merci pour ces quelques mots, mon général. »

Pour la première fois depuis le début des événements, on entendit le thème de *La Marseillaise*, entonné par un orchestre militaire, tandis que l'image se brouillait, laissant les programmes reprendre leur cours qui semblait, par contraste, de plus en plus terne.

– Et puis, rasez-moi cette barbichette ridicule, mon garçon !

Marie-Chantal avait parlé si spontanément que le fils Zeggaï en était resté sans voix. Habituellement, sa barbe inspirait plutôt la crainte (chez les bons chrétiens) ou le respect (chez les bons musulmans), voire le mépris (chez les anticléricaux). Mais jamais encore une grande blonde de cinquante ans, belle et pulpeuse sous son corsage, ne lui avait dicté sa conduite avec une telle assurance. Contenant un bref élan de colère, le jeune homme céda à l'amusement, tandis qu'elle poursuivait :

– Franchement, Momo, nous avons tous une religion, des traditions. Mais il ne faut pas exagérer. Nous vivons dans un pays moderne…

Mustapha écoutait avec satisfaction cette leçon de bon sens qu'il n'osait depuis longtemps prodiguer à son fils. De son côté, Alba s'efforçait de changer de sujet :

– Je vous ai préparé mon gâteau à l'orange, madame de la Forge. Je sais que vous l'adorez !

– Appelez-moi Marie-Chantal, ma petite Alba. On est presque en famille, chez les gaullistes. N'est-ce pas, Maurice ?

Avec la même innocence, elle avait prononcé le prénom interdit. Mais, là encore, l'étonnement du jeune croyant l'emporta sur sa volonté de clouer le bec à cette femme qui reprit avec une sincérité désarmante :

– Soyons clairs : chez nous, tout a commencé par une longue histoire chrétienne ; c'est beau, c'est ancien, c'est artistique et musical – mais c'était devenu un peu étouffant. Si Voltaire est intervenu, ce n'est pas pour remettre ça avec Mahomet.

– N'empêche qu'on fête Noël et Pâques ! Et l'Ascension ! Et la Toussaint ! répliqua Momo.

– Des traditions, rien de plus. Quant à moi, je serais parfaitement d'accord pour ajouter une petite fête islamique au calendrier. Mais, s'il vous plaît, coupez-moi cette barbichette et rejoignez-nous : le Général a besoin de garçons comme vous !

Dans le silence qui retomba, le père regardait fixement la théière artisanale. Il venait de verser le thé à la menthe, en levant très haut le bec au-dessus des verres colorisés. Marie-Chantal appréciait cette coutume nord-africaine qui l'avait un peu surprise lors de sa première visite chez les Zeggaï. Habituellement, elle buvait plutôt du Darjeeling avec un nuage de lait ; et ses bonnes amies s'étonnaient, depuis quelque temps, de la voir elle-même lever haut sa théière en porcelaine de Limoges au cours de leurs rendez-vous gourmands.

Alba revenait de la cuisine, tenant son quatre-quarts à l'orange, tandis que Momo semblait se prendre au jeu :

– Il ne me dérange pas, votre de Gaulle. Et la grandeur de la France, je veux bien… à condition que ça signifie quelque chose. Mais là, je crois que vous rêvez !

Il regardait son interlocutrice dans les yeux :

– Qu'est-ce que je vois, tout autour de moi ? Des abrutis qui rêvent de passer à la télé ? Des hommes d'État qui aiment les montres en or ? Des entreprises qui escroquent les pauvres ? Est-ce vraiment cela, la France ? Ou la même triste chose que partout dans le monde ?

– Bravo, Momo ! s'enthousiasma M. Zeggaï. Tu viens de résumer ce dont de Gaulle n'a jamais voulu ! Et ce qui va changer.

– Quant à votre œuf mayonnaise : c'est gras ! ajouta l'adolescent, l'air écœuré.

– Mais ce n'est qu'un symbole, objecta son père.

– Moi, je préfère les œufs mimosa, précisa Marie-Chantal en souriant.

– Et ce général de cent vingt ans, ça ne tient pas debout ! relança Maurice.

– Et Mahomet, et le paradis, est-ce que ça tient debout ? renchérit Mme de la Forge. Pourtant, vous y croyez !

– On va se régaler, lança timidement Alba en découpant le gâteau.

Loin de retomber, comme l'escomptaient les pouvoirs publics, le mouvement populaire redoubla de vigueur dès la seconde intervention télévisée. Au cours des semaines suivantes, l'enthousiasme ne cessa d'enfler. Le beau temps de cet automne y fut-il pour quelque chose ? Aux quatre coins du pays, dans un mélange confus de slogans, des rassemblements pacifiques de plus en plus nombreux exigeaient non seulement le retrait définitif de la directive sur la conservation des sauces émulsifiées, mais encore l'annulation de quantité de dispositions antérieures : fin de l'ouverture à la concurrence des chemins de fer et de la poste, fin de la déréglementation du transport aérien, fin du port obligatoire du casque à bicyclette... Au milieu des rues, d'ardents patriotes et de jeunes gauchistes défilaient côte à côte. Les visées n'étaient pas les mêmes, mais tous semblaient persuadés que le moment d'agir était venu.

Dépassées par l'ampleur du mouvement (trois cent mille personnes à la manifestation parisienne du 25 octobre), les autorités décidèrent enfin de contre-attaquer. La classe politique de droite comme de gauche monta au créneau pour dénoncer les troubles de l'ordre public excités par une « minorité antidémocratique. » Des bataillons de politologues et d'intellectuels se relayèrent pour décrypter, derrière la sympathique revendication de l'œuf mayonnaise, le retour des démons du *nationalisme* et du *socialisme* – deux mots dont le rapprochement faisait frémir. Ils mirent en garde contre la manipulation de l'opinion par un montage médiatique instrumentalisant une grande figure de l'Histoire. De son côté, la ministre de l'Intérieur évoqua les liens mis au jour par les services secrets entre certains manifestants et le radicalisme islamique. La police procéda à une vague d'arrestations.

Dès le lendemain, l'ardeur des manifestants redoubla dans les grandes villes. Des troubles éclatèrent dans les quartiers sensibles où se répandit une agitation favorable à de Gaulle. Chez les adolescents des cités, des t-shirts à l'effigie de l'homme du 18 Juin firent leur apparition, concurrençant ceux de Ben Laden et de Mohamed Ali. Plusieurs chroniqueurs politiques dénoncèrent une tentative de « coup de force ». D'une annonce à l'autre, les autorités révélaient cependant trop d'incertitudes. Cherchant une nouvelle piste, la police interpella l'imitateur Henri Tisot, célèbre dans les années soixante pour ses faux discours du Général, mais celui-ci fut vite innocenté. Les forces de l'ordre attendaient des consignes. Un discours du Président fut annoncé.

Ce soir-là, le chef de l'État montra son visage le plus grave. Après avoir rappelé qu'il ne laisserait pas le désordre gagner le pays, il se déclara sensible au malaise de la population qui, selon lui, découlait d'une *crise de croissance*. À quelques mois de la grande révision constitutionnelle, le moment semblait venu de lancer un vaste débat sur la place de la France au sein de l'Union européenne et sur les réformes qui lui permettraient de jouer pleinement son rôle dans le monde moderne. Le président de la République ne doutait pas que la raison l'emporterait ; mais il souhaitait que le peuple français s'exprime sans tabous, dans le respect de la démocratie. Il avait donc décidé de dissoudre l'Assemblée nationale et annonça la tenue d'élections législatives anticipées.

L'heure de la reprise en main était-elle venue ? Comme le soulignèrent la plupart des journalistes, la tactique du Président pour éliminer l'Imposteur s'inspirait du vrai Charles de Gaulle. Celui-ci n'avait-il pas brisé l'agitation de 1968 et renversé le cours des événements en procédant à la dissolution ? Aujourd'hui, son successeur comptait sur une ample mobilisation de l'opinion désireuse de voir rétablir l'ordre.

Sauf qu'il n'était plus seul à se réclamer du gaullisme. Le jour même de la dissolution, un communiqué annonça la création du PVG : Parti vraiment gaulliste. Confiant dans le message exprimé par le revenant, ce mouvement présenterait des candidats dans toutes les circonscriptions. Nul n'imaginait qu'un tel courant puisse dépasser quinze pour cent des voix – score habituel des mouvements protestataires qui surgissent pour mieux retourner au néant. Les chances de succès paraissaient d'autant plus minces que le peuple refuserait de suivre un héros de pacotille dont nul ne savait même s'il existait vraiment. Comme pour balayer ces doutes, après une semaine de silence, l'illustre soldat fit sa quatrième apparition, sans recourir au piratage, au cours du journal de France 2.

Toute la journée, la rumeur avait circulé sur le réseau. À vingt heures précises, le présentateur habituel prononça ces mots devant les téléspectateurs ébahis :

> « L'agitation qui a gagné notre pays ces dernières semaines, conduisant à la dissolution du Parlement, tourne – chacun le sait – autour d'un mystérieux personnage qui se présente comme le général de Gaulle. Nous aurions pu éluder la question, comme cela nous a été demandé en haut lieu. Nous avons préféré accomplir notre mission de journalistes… »

Fallait-il comprendre que le pouvoir tentait de verouiller la télévision ? Fallait-il supposer que, devant la gravité des événements, les responsables de la rédaction avaient décidé de ne pas obtempérer ? Le journaliste en vint aux faits :

> « Après un premier contact avec son équipe, nous avons enfin rencontré ce personnage illustre… si du moins c'est bien lui ! Il m'a reçu cet après-midi, en région parisienne, dans un lieu tenu secret ; mais je puis vous assurer que l'homme qui m'a parlé tout à l'heure est le même que vous allez découvrir dans cet entretien exclusif. »

On vit alors apparaître – pour la première fois en image couleurs – le chef de la Résistance assis devant un bureau Empire, sous les rayonnages d'une bibliothèque. Changement de taille : il ne portait plus l'uniforme militaire, mais un ample costume civil gris croisé. Pour cet entretien plus détendu, une paire de lunettes à verres épais donnait l'image d'un homme au travail ; et l'effet magique se produisit. Derrière ce très vieux visage aux joues tombantes, chacun eut le sentiment de le reconnaître dès qu'il répondit à la première question :

> « Mon général – si du moins je dois vous appeler ainsi –, pouvez-vous nous éclairer sur votre présence parmi nous, cinquante ans après l'enterrement de Charles de Gaulle à Colombey-les-Deux-Églises… ? »

Le vieillard esquissa un sourire :

> « Mettons qu'en ce temps-là j'ai préféré disparaître, persuadé que la France se trouvait sur de bons rails. Mais, voyez-vous, les hommes vivent de plus en plus vieux ; et le spectacle auquel j'ai assisté, gouvernement après gouvernement, crise après crise, m'a persuadé que je m'en étais allé trop tôt, bien trop tôt.
>
> – Est-ce à dire que vous étiez toujours… vivant ?
>
> – N'épiloguons pas. L'important, c'est que je sois là ; et qu'un formidable élan se soit levé dans le pays pour en finir avec la politique d'abandon, pour réveiller nos villes et nos campagnes, pour défendre notre industrie et notre culture ; pour que chaque coin de France possède sa ferme, son usine, ses artisans, ses commerces, comme chaque pays du monde devrait en posséder…

– Mais l'Europe, mon général, n'est-ce pas un grand projet auquel vous-même avez contribué en 1963, avec le chancelier allemand Adenauer ?

– L'Europe ? Quelle Europe ? Vous m'amusez, vous, les journalistes, quand je vous entends décider qu'untel est “pour” l'Europe, et tel autre “contre” ! Personne ne peut être contre l'Europe, puisqu'elle existe. Encore faut-il savoir ce qu'on veut en faire. Un supermarché sous protection américaine ? S'étendant éventuellement jusqu'en Chine ? Ou une Europe audacieuse, mettant en œuvre la diversité qui est dans sa nature, l'indépendance d'esprit face aux grandes puissances, la singularité plutôt que l'imitation ? »

La question s'était achevée dans des profondeurs gutturales ; puis de Gaulle saisit ses lunettes pour reprendre avec détermination :

« Vous êtes pour l'élargissement de l'Europe ? Eh bien moi, je suis pour son rétrécissement ! C'est pourquoi j'appelle nos amis allemands, hollandais, italiens à tout reprendre de zéro, mus par une volonté commune. Et j'appelle ces pays à s'exprimer entre eux dans leur propre langue au lieu d'utiliser des rudiments d'anglais, quand l'Angleterre n'a jamais eu que faire de l'Europe, de sa diplomatie, encore moins de sa monnaie. Soyons européens, mais soyons-le vraiment ! »

Pendant la campagne électorale, le Général resta en retrait. Il fit une seule apparition publique, sans annonce préalable, dans une cité de Seine-Saint-Denis. À l'approche du scrutin, des conflits de plus en plus violents enflammaient les banlieues. Tandis qu'une partie de la jeunesse voyait le Général comme un nouveau prophète, des bandes armées brandissaient le drapeau américain. Quelques rappeurs survoltés dénonçaient ce général qui ferait bientôt la guerre aux Français de couleur. Ils honnissaient cette vieille nation dont il fallait définitivement se débarrasser :

« Je ne veux plus en entendre parler,
Je veux voir ce pays crever… »

Leur rage les opposait aux groupes de hip-hop, non moins nombreux, qui suivaient les événements avec enthousiasme :

« Nous avons confiance dans cet homme-là
Nous savons qu'il va nous sortir du mauvais pas… »

Dans ce climat de guerre civile, la police n'osait se mêler aux affrontements qui avaient déjà fait deux morts. En signe de protestation, les habitants de plusieurs quartiers défilèrent pour réclamer l'apaisement. À l'issue de la manifestation, un rassemblement fut organisé au parc de La Courneuve par un groupe de travailleurs sociaux. C'est alors, contre toute attente, que l'orateur annonça une surprise et que la foule vit paraître à la tribune le vieux général qui leva les bras et lança, comme en mai 1958, un retentissant « Je vous ai compris ! ». Son message imprécis mais chaleureux, et le courage de cet homme venu rencontrer les habitants du « 93 » provoquèrent l'enthousiasme et ramenèrent le calme dans les quartiers.

Un mois plus tard, déjouant tous les pronostics, les candidats *vraiment* gaullistes remportaient les élections avec cinquante-cinq pour cent des suffrages. D'un bout à l'autre de la planète, ce résultat fit l'effet d'une bombe, et même d'une *nouvelle Révolution française.* Pour la première fois depuis la Seconde Guerre mondiale, un grand pays démocratique choisissait une voie contraire à celle de la globalisation économique et culturelle en cours. L'idée de nation allait-elle renaître ? La France allait-elle se refermer sur elle-même et connaître une seconde Terreur ? L'équilibre européen était-il menacé ?

Plusieurs spécialistes militaires évoquèrent l'hypothèse d'une intervention militaire de l'Union pour balayer cette sécession qui venait de provoquer, en quelques heures, l'effondrement du cours de la monnaie unique. Mais les pays membres se montraient plus divisés que jamais. Une semaine après les élections, un comité de parlementaires wallons exprima le désir de quitter le giron de la Belgique pour se rattacher à la République française. À Berlin, des manifestants réclamèrent la suppression de l'anglais comme langue de l'Union européenne et l'apprentissage renforcé du français et de l'italien. À Paris, l'enthousiasme culmina lors d'un rassemblement aux Champs-Élysées – dont une partie déborda vers le palais présidentiel où les plus véhéments réclamaient le retour du Général. Quelques heures plus tard, on apprenait que le chef de l'État et ses ministres avaient gagné Bruxelles où ils devaient décider de l'attitude à adopter. Le calme de l'armée semblait indiquer que ses chefs avaient basculé du côté *vraiment* gaulliste.

L'événement le plus inattendu fut toutefois la déclaration du président de la République, s'exprimant en direct de la capitale belge. Malgré l'avis de son propre camp, désireux de combattre le « coup d'État », une réflexion sereine l'avait conduit à prendre acte du suffrage démocratique et à présenter sa démission. Il supposait que la voie choisie serait périlleuse, mais ne souhaitait pas entraver la volonté populaire. Des élections présidentielles seraient organisées. D'ici là, le chef de l'État faisait confiance à la sagesse du « plus illustre des Français » et se mettait personnellement à sa disposition.

Le 5 décembre, une vieille DS Citroën noire entrait dans la cour de l'Élysée. Quand le chauffeur ouvrit la portière, la musique de la Garde républicaine accueillit le général de Gaulle qui sortit péniblement de la voiture, puis jeta un regard circulaire sur ce palais qu'il avait quitté le

28 avril 1969. Appuyé sur sa canne, voûté par le grand âge, il était accompagné de son directeur de cabinet, Jacques Prévoteau de la Bretelle. Tout en gravissant l'escalier, ce dernier chuchota à l'oreille du Président quelques mots sur les menaces de rétorsion des États-Unis si la démocratie n'était pas immédiatement rétablie. Celui-ci se contenta de hausser les épaules :

– J'ai obtenu cinquante-cinq pour cent des voix. Si ce n'est pas cela, la démocratie ! Je suppose qu'à leurs yeux elle doit consister à faire la politique dont les Français ne veulent pas !

Pendant ce temps, l'autre portière s'était ouverte et les gardes républicains virent sortir une très vieille dame, visiblement préoccupée par ses valises. Les soldats ne tardèrent pas à comprendre que si Charles de Gaulle frisait les cent vingt ans, Yvonne Vendroux, son épouse, à plus de cent dix ans, demeurait attentive à ses côtés. Résignée à revenir dans ce palais qu'elle n'aimait guère, elle trouva le temps, tandis qu'un garde emportait les bagages, de prier qu'on serve du café à tous ces hommes qui patientaient dans un froid glacial.

Guettant son épouse depuis le haut du perron, de Gaulle se tourna vers son directeur de cabinet et demanda, sur le ton sec d'un officier à son ordonnance :

– À propos, Prévoteau, vous n'oublierez pas de me donner les factures !

– Quelles factures, mon général ?

– Celles de mon appartement : le gaz, l'électricité ! Ma femme insiste sur ce point, et je trouve qu'elle a raison.

– Mais… monsieur le Président, le Parlement a supprimé cette séparation des comptes privés et publics dans la gestion de l'Élysée !

– Eh bien, qu'on la rétablisse ! Et qu'on annule ces indécentes augmentations de salaire de mes prédécesseurs. Je ne suis pas un chef d'entreprise ni un banquier, quand même !

5

Anthony Bénard, sa femme et moi

À la fin de l'été arrive ce moment où le soleil du soir disparaît derrière la falaise. Il est temps de reprendre le train pour Paris. J'appelle alors le jardinier, qui vient me chercher dans sa BMW climatisée.

J'ai beau déplorer trop d'inégalités, je reste attaché à certains avantages qui rendent ma vie plus douce – comme ne pas savoir tenir un volant et franchir ces trente kilomètres de départementales avec un chauffeur. Quelques villageois voient dans cette habitude de me faire véhiculer par les autres, ou d'utiliser des taxis, un luxe insolent, un défi à la norme qui voudrait que je conduise *moi-même*. Sauf que je n'ai jamais appris. Je préfère les chemins de fer ; c'est pourquoi je recours aux services d'Anthony Bénard qui veut bien me déposer à la station la moins éloignée, moyennant une modeste rétribution.

Sitôt la portière fermée, nous poursuivons la conversation laissée en suspens le jour de mon arrivée. Fondateur d'une entreprise de jardinage baptisée Future Garden, Anthony assure l'entretien et la surveillance de la propriété de mes amis. La quarantaine, il est marié, père de famille, propriétaire d'un pavillon et de trois voitures. Fier comme Artaban lorsqu'il fait rouler sur les graviers sa carrosserie rutilante, il porte une grosse montre, des lunettes à verres fumés – genre coureur automobile – et se regarde comme une incarnation de cet « esprit d'entreprise » encouragé par les pouvoirs publics. Rien ne subsiste en lui de la timidité paysanne. Il dit ce qu'il pense et s'intéresse à mille sujets : musique, peinture, littérature, écologie, cinéma, politique, économie. Après m'avoir accordé une poignée de main, il saisit ma valise avec un bon sourire.

Tandis que nous roulons, je lance le premier sujet en revenant à l'une de mes obsessions : la déliquescence de la SNCF, dont je fais régulièrement la douloureuse expérience sur cette ligne Paris-Le Havre. Depuis quelque temps, les anciens trains « Corail », de plus plus délabrés, se voient remplacer par des trains de banlieue qui assurent un taux de remplissage maximal dans des conditions de confort minimales. À l'opposé, la ligne Paris-Caen dispose de rames confortables et bien entretenues, dotées de prises de courant individuelles. Mon hypothèse est simple : cyniquement ou instinctivement, les responsables du trafic attribuent les meilleurs trains aux lignes de Basse-Normandie, fréquentées par les riches habitués de la côte du Calvados. Au contraire, les pires conditions de transport sont réservées aux usagers de Seine-Maritime, département ouvrier plein de cités dangereuses et de détresse sociale.

– Vous oubliez un détail, corrige mon chauffeur. C'est que l'entretien des trains dépend désormais des Régions !

Ce recul de l'État n'est pas pour me réjouir. Mais d'autres observations semblent confirmer mes extrapolations ; spécialement le dimanche soir, quand le train du Havre arrive gare Saint-Lazare, *toujours quelques minutes après celui de Deauville*, comme si la clientèle chic devait profiter des taxis libres, tandis que les habitants de l'industrieuse vallée de Seine se contenteront de faire la queue ou de prendre le métro.

Anthony Bénard écoute avec bienveillance mes analyses où le délire de persécution se donne des apparences logiques. Homme de droite, il met les difficultés de la SNCF sur le compte des archaïsmes syndicaux ; mais, en tant qu'habitant de la Seine-Maritime, il déplore cette inégalité de traitement dont son département ferait les frais. Sur le point de nous comprendre, nous longeons des champs d'herbe grasse où paissent des vaches normandes au pelage marron et blanc, à l'ombre des talus plantés de hêtres. Devant ce paysage impeccable, je songe que, malgré mes échauffements, le monde paisible de mon enfance ne disparaît pas à une vitesse si catastrophique.

Mais nous passons déjà au sujet suivant : le sort des ouvriers de Renault-Sandouville, cette usine proche du Havre où l'on vient d'annoncer le licenciement de cinquante pour cent des effectifs, au moment où le groupe embauche en Chine ou en Roumanie. Très sûr de lui, Anthony affirme que les ouvriers bénéficient de conditions de travail et de rémunération *trop confortables*, même en comparaison de celles qui prévalent désormais en Europe. Selon ses pronostics, le site tout entier finira par fermer, comme les autres usines Renault implantées en France où cette industrie n'est plus viable. À mon tour, je m'étonne que trente ans de réformes économiques, de dégraissage des effectifs, d'augmentation de la productivité, censés rendre notre industrie « plus compétitive », doivent déboucher sur une conclusion telle que : « tout ce qui subsiste encore devra prochainement fermer ». Anthony Bénard prononce alors cette phrase définitive, rarement énoncée comme telle, mais sortie des profondeurs de la conscience humaine :

– De toute façon, l'élargissement européen et la mondialisation doivent entraîner pour nous un *nivellement par le bas*.

Sa remarque me paraît simple et juste. En quatre mots, il a résumé le phénomène auquel nous assistons depuis des années : remise en question de tous les « avantages acquis », présentés comme injustes ; salaires revus à la baisse et horaires à la hausse ; conventions collectives transformées en conditions édictées par les actionnaires ; comparaison systématique avec les pays pauvres, qui joue toujours en faveur de ces derniers et accélère la « délocalisation » des activités de production. Peu à peu, la France renoue avec la sévérité du capitalisme primitif, tandis que les anciens pays communistes et ceux du tiers monde connaissent une croissance alimentée par le travail incessant de leur classe ouvrière. Telle est la logique du *nivellement par le bas*. Pourtant, ce qui me surprend, dans la réflexion de mon pilote, c'est le sentiment que, pendant toutes ces années, notre société aurait profité presque malhonnêtement de conditions trop favorables, et que les abus d'hier imposeraient aujourd'hui une réforme courageuse.

Qui a menti, au juste ? En 1970, des armées d'experts annonçaient la croissance et le développement infinis préludant à la « société des loisirs ». Portée par cet élan, la classe ouvrière obtenait des salaires moins bas, des horaires moins pénibles. Au cours des années suivantes, tandis que s'installait la crise permanente, les efforts demandés à la population furent toujours présentés comme provisoires, afin de préparer la fameuse « sortie du tunnel ». Plus près de nous encore, la classe politique n'a jamais manqué d'affirmer que l'élargissement européen se traduirait par l'édification d'une puissance mondiale, forte de ses acquis sociaux, et que la déréglementation des marchés entraînerait un bénéfice général. Or, tant de promesses n'ont pas seulement débouché sur les fermetures d'entreprises et le chômage généralisé ; elles font place à une idée nouvelle : à savoir que les ouvriers et les employés auraient conduit à la ruine un système dispendieux. Les privilèges éhontés de ces nantis occidentaux devraient donc disparaître au profit des pays sous-développés où les travailleurs, moins égoïstes, acceptent encore de trimer comme au XIXe siècle.

Peut-être ce renversement était-il inéluctable. Mais il faut alors supposer que nos gouvernements successifs, incapables de tenir leurs promesses, ont montré leur incompétence ; à moins qu'ils n'aient menti délibérément ou qu'ils aient confondu la richesse des citoyens et celle des *entreprises*, entités sacrées que la spirale de la concurrence rend de plus en plus indifférentes au sort des salariés et au devenir du monde… Dans tous les cas, la « gestion de la crise » et l'élan européen ressemblent à un jeu de dupes, la perspective de fraternité et d'enrichissement se traduisant aujourd'hui par l'appauvrissement et la précarité. Désormais, le point de comparaison ne se situe plus au-dessus, mais en dessous.

Telles sont, à cet instant, mes réflexions face à celles, plus pragmatiques, d'Anthony Bénard qui sait dans quelle époque nous sommes, quelles méthodes permettent d'y survivre, et qui voit dans l'acceptation de ces contraintes la meilleure façon de construire un monde vraiment moderne. Nous avons achevé le tour de nos positions respectives – moi, le passager néo-communiste ; lui, mon chauffeur néo-libéral. Comme le silence dure un peu, il me propose d'allumer la radio et lance un programme d'informations continues.

Quand ses affaires l'appellent ailleurs, le patron de Future Garden délègue sa femme pour me conduire à la gare. Grande et calme sur le siège avant du 4 × 4, Sandrine Bénard est tout le contraire de son mari. Je la sens parfois inquiète devant tant d'ambition et de certitudes. Très féminine malgré ses cheveux noirs coupés à la garçonne, Sandrine parle peu, mais elle regarde droit devant elle en souriant. De temps à autre, son GPS lui demande de tourner à droite ou à gauche. Nous longeons des châteaux d'eau, des meules de foin recouvertes de bâches en plastique noir, et elle m'interroge sur ma vie d'écrivain.

D'après ce que j'ai compris, les parents d'Anthony tenaient un commerce au village. Après le bac, il s'est inscrit à la faculté de Rouen pour une formation commerciale. Sandrine, elle, a grandi dans une famille d'employés des postes, avant d'entamer des études de gestion. Avec ses copines, elle a voyagé en Grèce et en Espagne. Anthony rêvait de Londres et New York. En quelques années, ils ont arpenté le monde, élargi l'horizon confiné de leurs familles. Ils n'ont guère de préjugés religieux ; ils ignorent le racisme et les discriminations sexuelles. Anthony Bénard se voit aujourd'hui comme un homme moderne, prêt à tailler le bout de gras avec n'importe quel autre homme moderne ; Sandrine se voit comme une mère, concernée par la difficulté d'être une femme libre.

Après avoir un peu bourlingué, Anthony est revenu fonder sa petite entreprise qui compte trois salariés, dont son épouse et lui-même. Future Garden lui a paru plus moderne qu'un nom français – même si son enseigne ajoute : « La Jardinerie du XXIe siècle ». Il pratique un jardinage entièrement mécanisé avec débroussailleuses, motobineuses, souffleuses de feuilles mortes, vaporisateurs d'insecticides, coupe-haies, broyeurs multisystèmes et nettoyeurs haute pression – sans oublier les tenues de travail intégrales, masques et casques insonorisants qui le transforment en cosmonaute et permettent de refaire un espace vert de rond-point en moins d'une demi-journée.

Chaque samedi soir, les Bénard sortent chez des amis ou organisent un dîner à la maison : lui, en costume de marque un peu chic, un peu voyou ; elle, en robe légère discrètement déshabillée. Anthony sort de sa cave de bons vins achetés chez un négociant. Ils passent une partie du dîner à parler du « bouquet », de la « robe » et même des « arômes tertiaires » – surtout depuis que leur meilleure amie prend des cours d'œnologie. Sandrine s'en tient le plus souvent à la cuisine de famille ; mais il lui arrive d'essayer une recette fusion où l'ananas africain titille la truite sauvage. Parfois, en fin de soirée, elle trouve qu'Anthony parle trop fort. Elle l'observe alors avec inquiétude, emporté par ses théories sur les gaspillages de la fonction publique.

Car elle connaît les pertes de l'entreprise familiale, et déplore que son mari, si prompt à refaire le monde, peine tant à équilibrer ses recettes et ses dépenses. Elle se demande comment il fera pour payer cette BMW qui lui donne l'impression d'avoir réussi. Pour leurs enfants Lucas et Océane, elle voudrait une vie plus sûre. Depuis leur naissance, elle a disposé des montagnes de jouets dans leurs chambres ; mais lorsqu'elle regarde les magazines de société, elle sent que cet univers est fragile ; comme si le chemin parcouru, cette ascension sociale, pouvait se traduire par un mouvement inverse. Tandis que le monde vacille, que l'économie s'affole, que leur entreprise bat de l'aile, Sandrine se demande quelle sera la place, après-demain, pour Océane et pour Lucas.

Elle semble plus heureuse lorsque nous roulons ensemble, elle et moi. Avant de me déposer, elle me demande si je pourrais lui dédicacer un livre. Et je l'imagine, entre ses draps, en train de dévorer ma prose, tandis que son mari ouvrira une dernière bière en zappant devant l'écran plat du salon.

Nous longeons une rivière claire sous les arbres ; puis la route dessine un virage pour contourner la roue d'un moulin transformé en manoir par d'élégants propriétaires.

Sur l'autoradio, la présentatrice essoufflée assène ses scoops, minute après minute. Dans une même excitation, elle passe des crimes aux négociations diplomatiques, de la culture aux mouvements sociaux, du développement durable à l'actualité des *people*, puis à la météo – tout et n'importe quoi à condition de maintenir cette tension au-dessus du vide. Le robinet à sensations donne l'impression d'être branché sur le monde : en fait, il épouse la silhouette du consommateur et le strict emploi du temps conçu pour le divertir.

Aujourd'hui, donc, puisque nous sommes samedi, après une petite chronique sur les loisirs (« Allez donc visiter un château *en famille* ! »), l'essentiel du journal est consacré au sport : les scores détaillés du championnat ; ceux de la première division puis de la seconde sont disséqués avec un extraordinaire souci du détail et je mesure l'ampleur aberrante prise par ces compétitions. Les minutes s'égrènent en coups francs et penalties. D'une ville à l'autre, la voix excitée des correspondants narre le moindre but comme un haut fait historique ; un journaliste évoque plusieurs « transferts » à coup de millions d'euros – avant une autre morne séquence consacrée à la cuisine. Nous survolons rapidement l'actualité internationale puis nous voici revenus dans le monde enchanté du basket, avant de passer au tournoi de tennis qui s'est clôturé sur une nouvelle victoire de *Rodjeure Fédéraire*.

Je me demande pourquoi le présentateur accomplit de tels efforts pour prononcer « Rodjeure » à l'anglaise alors que ce brave garçon (Roger Federer) est suisse et que je l'ai vu se désigner lui-même, dans un documentaire, en disant « Roger », à la française. Il a grandi dans un pays où Roger se prononce Roger mais certainement pas Rodjeure ; et je ne puis m'empêcher de voir dans cette énergie militante du journaliste à répéter « Rodjeure » une discrète manifestation de cette haine de soi selon laquelle tout ce qui sonne français est ringard et tout ce qui sonne anglo-américain est moderne. Roger a quelque chose de beauf, de tonton flingueur. « Rodjeure », c'est autre chose qui colle au temps du commerce mondialisé. « Rodjeure » ne tire pas le Suisse vers la France (ce vieux pays colonial et dominateur) ; il rend le champion au monde des champions où chacun parle la langue des champions. Mieux vaut donc angliciser ce prénom – quand bien même on prononce le nom de famille avec un accent français, ce qui est incohérent ; mais la langue des esclaves qui imitent leurs maîtres est souvent un peu bancale.

Nous approchons de la gare. De grandes routes droites, striées de voitures, découpent la campagne du pays de Caux. Le plateau n'est pas beau avec son horizon trop large de champs de blé et de maïs, son grand ciel venté toujours nuageux ; il faut descendre dans les creux pour découvrir de jolis hameaux aux murs de brique et de silex, des fermes plantées, des églises et des châteaux. Ces villages déserts, où les bistrots sont fermés depuis longtemps, semblent figés comme les momies d'un autre monde ; mais, à l'intérieur des maisons rénovées, quelques parents modernes, connectés au monde entier, élèvent leur progéniture dans l'attente du premier divorce.

À la radio, justement, une voix parle des *mamans* et répète ce mot pas moins de dix fois. L'autre jour, à la télévision, un animateur interviewait un vieil écrivain en lui demandant comme s'il parlait à un enfant : « Quels souvenirs gardez-vous de votre *papa* ? » Peut-être les historiens de la langue constateront-ils que la première décennie du XXIe siècle fut marquée par la disparition des mots « père » et « mère », remplacés par l'usage exclusif de « papa » et de « maman ».

Il n'y a pas si longtemps, la première manifestation de maturité consistait à rejeter ces termes puérils. Entre copains, on disait bruyamment « mon père » ou « ma mère », « mes vieux » ou « les parents », comme pour liquider le poids de l'enfance. Notre époque préfère entretenir l'illusion que nous restons, jusqu'à la mort, de grands bambins attachés aux joies et traumatismes de nos premières années. Tout nous ramène vers la famille, ultime petite barque survivant au naufrage des religions, des nations et des cultures. Les médias audiovisuels abusent donc de ce langage infantile qui leur convient comme un gant : il transforme l'existence sur cette planète ravagée en dessin animé dégoulinant de sentiments et de naïveté ; il reconstruit la société dans une cour de récréation. Au loin, le bourdonnement des mauvaises nouvelles rappelle aux enfants qu'ils sont des adultes et qu'ils vont mourir ; des cellules de soutien psychologique sont prévues pour les aider. Le triomphe de la maternité sur la société est en marche…

Mais je théorise, je théorise, et nous arrivons devant la gare où freine la BMW d'Anthony Bénard. Je lui glisse un billet. Il me remercie en souriant puis il m'aide à sortir mes bagages. Comme je lui ai parlé de mon lumbago, il ne veut pas que je me fatigue davantage. À la gare tout est calme, le train sera à l'heure. Ce soir, je retrouverai mon appartement parisien où je n'ai pas trop de peine à payer mon loyer entre deux séjours à la campagne, si bien que je me demande si ces accès d'humeur ont un sens et s'ils ne traduisent pas le dérèglement de ma propre pensée autant que celui du monde où nous vivons.

6

La gloire du Général

– Voulez vous me passer le sel, Yvonne ?

– Voici, mon ami.

Deux mains décharnées se tendirent l'une vers l'autre, au-dessus de la nappe blanche, pour échanger la petite salière au bouchon d'argent. La première dame de France, en robe sombre, disparaissait presque derrière son assiette. Ratatinée par la vieillesse, elle veillait cependant à la vie quotidienne et son bras s'avançait chaque fois qu'il le fallait. Sur la cheminée, le balancier d'une pendule marquait le temps immuable des salles à manger bourgeoises. Impassible, le serveur en veste blanche attendait que le Général et madame aient terminé leur cuisse de poulet pour apporter la salade et le fromage. Soudain (selon le témoignage de ce maître d'hôtel qui, pendant plusieurs mois, consigna chaque soir les faits et gestes du Président), on frappa à la porte qui s'ouvrit pour laisser entrer le directeur de cabinet.

Digne fonctionnaire en costume sombre impeccable, malgré ses traits creusés par les ans, celui-ci semblait tout agité par le contenu de la lettre qu'il tenait entre ses doigts :

– Une dépêche urgente de Bruxelles, mon général.

De Gaulle tourna sa haute silhouette et ses lunettes rectangulaires vers Jacques Prévoteau de la Bretelle, puis il plissa le front dans une expression de mécontentement :

– Prévoteau, je vous ai demandé de ne pas me déranger pendant les repas.

La voix du dévoué collaborateur reprit plus timidement :

– Des événements graves se préparent, monsieur le Président…

Agacé, le grand homme se pencha sur son poulet, puis y planta d'un coup sa fourchette avant de conclure, un rien sentencieux :

– Des événements graves et une dépêche de Bruxelles peuvent toujours attendre qu'on ait servi le café.

Plus sèchement, il ajouta :

– Vous pouvez disposer, Prévoteau !

Le fidèle adjoint referma piteusement la porte derrière lui tandis qu'Yvonne avalait un peu de purée en remarquant :

– Mon ami, vous avez été brusque avec M. Prévoteau de la Bretelle.

De Gaulle toussota, l'air soudain accablé. Sa femme reprit, conciliante :

– Mais vous avez raison : il ne faut pas vous laisser gagner par cette nervosité. Vous avez besoin de repos. Et aussi de temps pour continuer vos Mémoires.

Charles soupira :

– Mes souvenirs peuvent attendre, eux aussi. Le pays traverse des heures décisives. Si je laisse faire, ils vont encore agir comme des sagouins !

Son café bu, il conduisit Yvonne devant la télévision où elle reprit son tricot (des chaussettes en laine pour les indigents de la Haute-Marne), en attendant le film du soir. Sous ses airs prudes, cette excellente chrétienne ne loupait aucun épisode de l'intégrale Louis de Funès diffusée sur la première chaîne. De Gaulle aurait aimé, lui aussi, voir ce fameux *Hibernatus* qui l'amusait d'autant plus que l'hypothèse de la congélation continuait à circuler pour expliquer son retour.

Tandis que commençait le générique sur une joyeuse musique de Georges Delerue, il demanda au maître d'hôtel :

– Soyez gentil de m'en faire une copie. Je le regarderai plus tard.

Puis il sortit de l'appartement privé et se dirigea d'un pas lent vers le bureau du premier étage, ce « salon doré » où l'attendait Prévoteau de la Bretelle. Tragiquement campé devant les fresques de muses aux seins nus qui s'élevaient de part et d'autre de la cheminée, le directeur de cabinet tendit au Général l'ultimatum de l'Union européenne :

– Ils répètent que nous avons perpétré un coup d'État, que nos décisions sont incompatibles avec la charte de l'Union et les engagements de la France ; qu'elles mettent en péril l'équilibre du continent, la monnaie unique et les droits démocratiques.

– Bla bla bla ! coupa de Gaulle d'un geste impatient. La dictature, j'ai entendu ça toute ma vie.

– Bref, ils semblent prêts à intervenir militairement, et les Américains sont derrière eux...

– Les Américains, peut-être, mais pas les Français qui me soutiennent depuis des mois ! Asseyez-vous donc, Prévoteau !

Donnant l'exemple, le Président se laissa choir dans un fauteuil Louis XV et il écouta son subalterne avec intérêt, mais sans inquiétude apparente. Celui-ci reprit, le visage tendu :

– En outre, mon général, les Chinois ont publié un communiqué explicitement dirigé contre vous. Ils laissent à penser que nous menaçons le libre-échange. On ne peut pas prendre le risque de déclencher une crise mondiale.

– On doit agir dans l'intérêt de la nation, Prévoteau. Je ne sais et ne veux entendre rien d'autre... Les Américains et les Chinois le savent aussi, d'ailleurs. Seuls les Européens semblent l'avoir oublié.

– Que faire, alors ?

Le Général leva les deux mains comme pour souligner une évidence :

– De toute façon, ils ne peuvent pas bouger. Nous avons une arme terrible, Prévoteau, rappelez-vous…

– Voulez-vous dire que vous seriez prêt à… ?

– Je ne veux rien dire du tout ; mais je sais comment va le monde : il ne connaît que les rapports de force.

De fait, l'existence de cette force nucléaire stratégique voulue par de Gaulle en 1960 semblait rendre impossible toute intervention militaire en territoire français. La réforme constitutionnelle mise en chantier par son prédécesseur avait bien prévu de retirer une décision aussi grave au seul président de la République pour la confier à une autorité communautaire ; mais la Révolution avait interrompu le processus et nul ne savait, à Bruxelles, si ce vieux fou n'était pas capable d'appuyer sur le bouton.

Jacques Prévoteau de la Bretelle représentait lui-même un cas exceptionnel de longévité. Né en 1920, il avait fait la guerre comme simple soldat dans la France libre ; puis il avait occupé un poste de conseiller à l'Élysée jusqu'en 1967 avant de devenir ambassadeur. Autour de l'an 2000, on apercevait encore ce vieillard de bonne famille dans un bistrot de l'île Saint-Louis où il dînait seul en lisant le journal. Quand le Général avait fait sa réapparition, Prévoteau de la Bretelle, quatre-vingt-dix ans bien sonnés, avait immédiatement répondu à l'appel. Quelques semaines plus tard, il jouait discrètement son rôle de factotum, l'esprit vif malgré son âge, comme tant d'autres centenaires dont le nombre croissant pouvait laisser croire à une forme de progrès.

Depuis quelques semaines, le directeur de cabinet se montrait cependant pessimiste. La « nouvelle Révolution française » (ou « NRF », comme disaient les amateurs d'acronymes) avait laissé le monde interloqué et comme incapable de réagir. Mais l'adversaire se ressaisissait, et le haut fonctionnaire tenait à alerter le chef de l'État. À toutes ces préventions, de Gaulle répliquait par la confiance ; il semblait satisfait d'avoir entrepris, en quelques mois, plusieurs réformes capitales qui annulaient systématiquement tout ce que les gouvernements, depuis trente ans, avaient eux-mêmes baptisé « la réforme ». Il préféra donc mettre un terme à la conversation en promettant :

– Je vais faire un grand discours sur la France. Convoquez-moi la télévision mercredi ou jeudi.

– Bien, monsieur le Président.

Charles de Gaulle ferma un instant les yeux. Le cuir de son visage semblait celui d'un mort ; mais, presque aussitôt, il sembla se ranimer pour prononcer sur un ton plus malicieux :

– Et puis, après le discours, organisez-moi une réception dans la salle des fêtes. Il faut qu'on s'amuse un peu, non ?

– Certainement, monsieur le Président…

Sur le point de sortir, le chef de l'État montra une certaine difficulté à s'extirper de son fauteuil. Trop faible pour le soutenir, Prévoteau fit appel à un huissier qui aida le Général. Après avoir remercié, celui-ci quitta le bureau ; puis, du même pas lent, appuyé sur sa canne et traînant la jambe, il regagna son appartement. Dans la salle à manger, le maître d'hôtel achevait de débarrasser et il lui demanda :

– Avez-vous pensé à ma copie ?

Le mercredi suivant, le général de Gaulle, en visite dans une école du XIXe arrondissement, assistait à la plantation d'un arbre de l'Indépendance. Les enfants avaient préparé la cérémonie et choisi eux-mêmes un petit marronnier qui grandirait bientôt, comme des milliers d'autres, pour célébrer l'unité retrouvée. Après avoir prononcé quelques mots et bu une orangeade, le chef de l'État regagna le palais présidentiel dans sa DS noire (il tenait à conserver cette ancienne voiture tant qu'elle roulait encore). L'après-midi, il travailla avec ses collaborateurs avant de recevoir l'ambassadeur de Russie qui lui transmit un message d'amitié de son homologue à Moscou. Puis, vers dix-neuf heures, dans les appartements privés, il rejoignit Yvonne qui l'attendait en compagnie de la maquilleuse : même à contrecœur, il fallait en passer par cette épreuve. Rajeuni de vingt ans par le fond de teint, le Président se dirigea ensuite vers le Salon doré où l'attendait l'équipe de télévision. Il rappela qu'il se tiendrait à son bureau pour s'adresser directement à la nation.

À vingt heures précises, *La Marseillaise* retentit sur un plan fixe de la cour de l'Élysée. Après le dernier accord, les téléspectateurs reconnurent le Grand Charles, sa haute silhouette et son regard volontaire, dans un costume à revers fermé sur une cravate sombre à petits pois blancs. Ses mains étaient posées à plat devant lui, sur une feuille de papier où l'on distinguait son écriture manuscrite ; mais il entama son allocution de mémoire, en appuyant d'un vibrato la traditionnelle formule :

> « Françaises, Français,
>
> Voici tout juste un an, notre pays se trouvait au bord de l'abîme. Mais, à la différence des crises précédentes, aucune défaite militaire, aucun conflit colonial n'avait fait vaciller la République. Non ! Cet effondrement marquait l'aboutissement de quarante ans de mauvaise politique menée par les gouvernements de tous bords sous la bannière du renoncement – au point de transformer une nation prospère en terre de désolation.
>
> Partout les usines et les moyens de production achevaient de disparaître pour s'implanter aux confins de la Terre, laissant sur le carreau des millions de chômeurs et d'assistés qui survi-

vaient grâce aux seules prestations sociales. Les activités qui avaient survécu n'y parvenaient qu'au prix d'une détérioration considérable des condition de travail, faisant reculer notre société de plusieurs générations en arrière. La folie de l'immobilier – abandonné aux prédateurs – ne cessait de tirer les prix vers le haut, tandis que se répandait, dans les grandes agglomérations, une forme moderne de bidonvilles faits de mobile homes… »

Il avait prononcé ce mot anglais d'une voix consternée, avant de poursuivre l'énumération :

« … de caravanes, de campements de fortune où se réfugiaient les démunis.

Les gouvernements successifs ne manquaient jamais de présenter leurs prétendues réformes comme des actions courageuses, censées conduire le pays vers des jours meilleurs. Mais, dans le même temps, ils cédaient les palais de la République à des princes exotiques pour en faire des lupanars au lieu de les transformer en logements sociaux. Sans scrupules, ils bradaient toute la richesse nationale à des firmes mondiales en quête de profits rapides. Et, si les hommes d'État se gargarisaient sans fin du mot "entreprise", les Français commençaient à comprendre que les urgences de ces entreprises restaient fort éloignées de leurs propres intérêts.

Noblesse de la concurrence, urgence de la déréglementation : tous ces mensonges ont éclaté dans l'impunité de ceux qui les propageaient.

Mais chacun a pu voir comment le téléphone, les assurances, la distribution de l'eau ou les services postaux se transformaient en jungle où n'importe quel prédateur pouvait fixer ses conditions. Chacun a constaté que la “libre concurrence” entraînait la concentration et l'harmonisation des tarifs *par le haut*. On a vu même, et je le déplore, une classe corrompue de hauts fonctionnaires encourager la privatisation des entreprises publiques avant de se désigner à leur tête pour s'octroyer la manne dérobée aux citoyens. Comment ne pas comprendre, alors, la mélancolie et le pessimisme du peuple français ?

Au même moment, les services les plus nécessaires au bien-être général, comme ceux de la santé ou de l'éducation, se sont vus soumis à la tyrannie comptable. Les citoyens voulaient-ils reprendre le contrôle de la situation ? Les caisses étaient vides – sauf lorsque l'État choisissait de renflouer des groupes financiers ; les sociétés n'avaient plus de françaises que le nom ; la majorité de leurs actionnaires et de leurs activités se situaient désormais à l'étranger, et toute remise en question de cet état de fait serait passée pour une violation des lois mondiales. Quant à l'administration républicaine, si sûre de sa vertu, elle s'employait à rendre cette évolution irréversible en abandonnant toujours davantage aux autorités européennes – si bien que les consultations électorales avaient fini par se réduire à un partage de prébendes entre partis rivaux, tous pressés de s'agiter à l'écran pour y parler d'*exception française*.

Mensonge ! Mensonge ! Même notre agriculture, immense richesse léguée par la nature et par l'Histoire, a subi les effets destructeurs de cette politique. On a vu comment le poulet ou le porc français, transformés en dégoûtante industrie, risquaient de disparaître parce que les mêmes firmes agro-alimentaires produisaient encore moins cher dans des pays pauvres. En 1940, la France avait pu limiter ses souffrances lorsque chaque famille comptait quelque cousin de campagne entretenant une terre où se produisaient du lait, de la viande, des céréales, des fruits et des légumes. Elle disposait également d'un artisanat, d'une industrie active et diverse. Comment avons-nous pu laisser tout cela disparaître pour nous soumettre au jeu des conglomérats mondiaux ?

Face à cette situation, avec le soutien du peuple français, j'ai voulu donner un cap nouveau, marqué par une série de réformes concrètes : renationalisation des banques, de l'eau, du gaz, de l'électricité et des télécommunications ; renforcement des services publics, à commencer par ceux de la santé ; plafonnement des loyers et taxation sévère de toute spéculation immobilière ; implantation d'un appartement social dans chaque immeuble d'habitation ; réouverture des gares et des lignes secondaires : encouragement à la petite agriculture ; obligation faite aux firmes françaises de maintenir leurs emplois en France ; taxation des produits étrangers fabriqués selon des normes sociales inférieures à celles de

> notre pays ; développement d'un microprocesseur et d'un moteur de recherche français ; limitation de la publicité et de l'affichage des marques ; retrait de nos forces militaires de l'OTAN ; défense de l'usage du français et apprentissage d'au moins deux autres langues européennes ; développement de nos liens avec les pays francophones ; rétablissement du théâtre de boulevard… »

À ces mots, le Président sembla marquer une hésitation. Il se pencha vers sa feuille, puis releva le visage et s'adressa au public comme dans un aparté :

> « Pourquoi ne joue-t-on plus Bernstein, ni même Anouilh, que diable ? »

Sur un ton impassible, il reprit la lecture de son énumération qui prenait peu à peu une orientation troublante :

> « … dépénalisation des drogues douces, déréglementation de l'œuf mayonnaise, droit à une mort paisible, assistée médicalement, et lancement d'un vaste programme scientifique sur ce sujet… »

Dans un recoin du bureau, hors du champ des caméras, Jacques Prévoteau de la Bretelle fronça les sourcils. Le Président ne franchissait-il pas une ligne blanche, incompatible avec les convictions religieuses de nombreux Français ? Il songea toutefois que le Général, vu son âge, avait quelque autorité sur la question. Et, comme pour balayer ces inquiétudes, celui-ci redressa vers l'objectif un visage noble et fier. Puis il ôta ses lunettes comme s'il voulait conclure, les yeux dans les yeux :

> « Notre pays, doté d'extraordinaires avantages naturels, peut et doit vivre d'abord de ses propres ressources : il en va de la dignité de chacun, comme de la protection de cette planète, ravagée par des échanges commerciaux débridés.
>
> Français par mon Histoire, citoyen du monde par la raison, je suis également né au cœur de l'Europe, et j'aimerais que, sur tant de sujets essentiels, notre vieux continent montre le chemin. Je sais ce que je dois à mon pays, mais aussi aux grandes cultures de l'Espagne, de la Russie, de l'Allemagne, de l'Italie, et même de l'Angleterre lorsqu'elle se tourne vers ses voisins pour d'autres raisons que le démon des affaires… C'est pourquoi je ne puis accepter d'entendre dire : “Vous refusez la transformation de l'Europe en banlieue de Los Angeles, donc vous êtes contre l'Europe !” Pour ma part, je ne puis concevoir cette union que comme celle de peuples souverains, forts de leurs différences et désireux de bâtir un monde qui leur soit propre, en protégeant leurs richesses et en s'affranchissant des tutelles étrangères – à commencer par celle de nos amis américains. J'appelle tous nos voisins à nous retrouver sur cette base pour aller plus loin ensemble.

> Tel est le cap que j'entends suivre aujourd'hui, et que je suivrai si le peuple veut bien me soutenir.
>
> Vive la République, vive la France. »

Tandis que le générique se déroulait sur fond de drapeau tricolore, de Gaulle remercia les techniciens de l'ORTF (l'Office de radiodiffusion télévision française récemment reconstitué) ; puis il se dirigea vers le petit ascenseur qui descendait au rez-de-chaussée où l'attendait l'huissier en chef en tenue d'apparat : jaquette, médailles et chaîne d'or liée à la boutonnière.

– Comment se présentent les opérations ? demanda le Président.

L'huissier joignit les deux mains sur sa poitrine pour répondre :

– Il y a un monde fou, mon général, et ils sont très impatients… Mais je n'ai pas vu votre famille.

– Pourquoi donc ma famille ? Elle n'a rien à faire ici.

La canne du Général résonnait sur le sol. Tout en approchant de la salle des fêtes, il demanda encore :

– Ont-ils entendu mon discours ?

– Bien sûr, monsieur le Président. Les invités sont arrivés à huit heures moins le quart. On avait installé un écran dans la salle des fêtes, et ils vous ont écouté jusqu'au dernier mot... religieusement !

– N'exagérons pas, je ne suis pas le bon Dieu.

– Presque, mon général, murmura l'huissier en chef sur un ton mielleux. En tout cas, je me demande qui sont les plus impatients : ceux qui vous ont connu autrefois ou ceux qui sont nés après votre...

L'homme buta sur ce mot, affreusement gêné, tandis que de Gaulle tournait vers lui son visage avec une expression ténébreuse :

– Après ma quoi ?

– Enfin... après votre disparition officielle, en 1970.

– Ah oui, vous voulez dire avant que je ne me fasse congeler ? ricana le vieillard.

– C'est cela, mon général, conclut l'homme dans un sourire plein de déférence.

On percevait maintenant le murmure de la foule, alignée en rang d'oignons sous les lustres en cristal de la salle des fêtes pour la présentation au chef de l'État. La rumeur de son arrivée se répandit comme l'éclair, car le bruit retomba, tandis qu'un autre huissier, posté à l'entrée devant une tapisserie des Gobelins, annonçait d'une voix sonore :

– Monsieur le Président de la République, le général de Gaulle.

Tous les visages se tendirent vers la silhouette qui avançait dans l'ombre, telle une figure antique remontée des enfers. Tous reconnurent son allure de grand arbre sec, la rondeur du ventre qui s'était accentuée avec l'âge, et ce crâne dégarni où subsistaient quelques longues mèches blanches. Juste avant d'apparaître en pleine lumière, le Général, marquant un temps d'arrêt, tendit sa canne à l'huissier et joignit ses mains derrière le dos avant d'avancer encore, un peu courbé, le long des bois dorés et des colonnes à pilastres. Devant lui, un silence admiratif, presque de recueillement, figeait la centaine d'invités. Tous mesuraient le privilège qui leur était donné de rencontrer l'illustre personnage et de pouvoir se faire leur propre opinion sur son retour. Le chef du protocole vint alors se placer à côté du Président qui entreprit de saluer ses invités l'un après l'autre.

Première de la ligne, une femme âgée, au visage boursouflé, recuit par le soleil, mais aux formes encore pulpeuses sous sa robe du soir, ne put contenir son émotion. De sa voix traînante et un peu vulgaire, éperdue de bonheur, elle s'exclama :

– Mon général…

– Madame Brigitte Bardot, précisa le chef du protocole.

– Je l'avais reconnue, imbécile ! susurra de Gaulle.

Levant alors les mains, il marcha vers elle, le visage empreint de la joie des retrouvailles :

– Chère Brigitte Bardot, il y a si longtemps ! Je suis content de vous revoir !

– Et moi donc, mon général, je suis tellement émue ! répondit-elle sur un ton de grande fille bébête.

Se remémorant les fiches qu'il avait lues l'après-midi, le Président enchaîna avec un parfait naturel :

– Il paraît que vous avez arrêté le cinéma. Quel dommage pour la France !

– C'est que... Je ne suis plus très montrable, mon général.

– Ce n'est pas mon avis, répliqua-t-il en toisant discrètement la poitrine de cette femme qui restait, à ses yeux, une très jeune fille.

Se reprenant soudain, il ajouta :

– En tout cas, bravo pour votre combat. Nos amies les bêtes ont bien besoin de vous.

Sur ces mots, le chef de l'État passa au second invité qui se trouvait être Marcel Bigeard, quatre-vingt-quinze ans, mais toujours alerte sous son béret de parachutiste. Le vieux militaire qui avait servi la patrie, de la Résistance à la guerre d'Algérie, laissa couler une larme en voyant devant lui le demi-dieu qui avait éclairé sa vie. Préférant éviter les épanchements, de Gaulle opta pour le ton militaire un peu canaille :

– Alors Bigeard, toujours aussi con ?

– Oui, mon général, répondit le militaire en sanglotant.

Se penchant à l'oreille du grand homme, le chef du protocole rectifia :

– Pardonnez-moi, monsieur le Président, mais c'est au général Massu que vous destiniez cette formule !

De Gaulle, troublé, acquiesça d'un geste et frappa fraternellement l'épaule de Bigeard qui reniflait, tandis que les présentations continuaient et que chacun s'efforçait de n'en pas perdre un mot.

Parmi les « anciens » (ceux qui fréquentaient déjà l'Élysée dans les années soixante) figuraient également le chanteur Charles Aznavour, le Prix Nobel de médecine François Jacob, l'écrivain Jean Dutourd, le journaliste Jean Mauriac, les anciens ministres Robert Galley et Yves Guéna auxquels le Général prodigua des mots apaisants :

– Depuis des années, cette société n'avait que le mot « jeune » à la bouche. Aujourd'hui, c'est un peu notre revanche, à nous les vieux !

À la cantatrice Jeanne Rhodes, il demanda si elle voudrait bien, comme autrefois, venir chanter *Carmen* à l'Opéra pour les réceptions officielles.

– Au palais Garnier, bien sûr, ajouta-t-il, l'air malicieux.

Quelques semaines plus tôt, son gouvernement avait ordonné la transformation de l'opéra Bastille en parking et le partage des subventions entre l'opéra Garnier et la salle Favart – enfin dotée d'un orchestre et d'une troupe permanente.

Une saison lyrique brillante se préparait, au cours de laquelle on pourrait entendre *Le Roi d'Ys*, *Les Huguenots*, *La Muette de Portici*, *La Chartreuse de Parme* et d'autres opéras oubliés. Mais de Gaulle tenait surtout au rituel *Carmen* qu'il aimait offrir aux chefs d'État étrangers. La soprano répondit en souriant, de sa voix presque virile :

– Je chanterai avec plaisir, mon général, mais uniquement si vous êtes seul dans la salle. Je n'ai plus l'âge de me produire en public.

– Et moi donc, croyez-vous que j'aie encore l'âge de gouverner ?

Malgré les réticences de Prévoteau de la Bretelle, il avait également tenu à recevoir quelques figures de cette jeunesse insolente qui ricanait de lui cinquante ans plus tôt. Apercevant le chanteur Jacques Dutronc, en compagnie de Françoise Hardy, il serra les poings puis esquissa des épaules un mouvement rythmé, tout en entonnant d'une voix éraillée :

– Sept cents millions de Chinois, et moi et moi et moi !

– Et dire qu'ils sont maintenant le double, mon général ! répliqua ironiquement Dutronc.

De Gaulle se tourna vers le chef du protocole comme s'il avait peine à croire ce qu'il venait d'entendre. Il demanda un rapport sur la démographie chinoise.

Parvenu au bout de la file, il se montra plus sec avec Jacques Chirac, visiblement stupéfait que l'ordre protocolaire n'eût pas commencé par lui. Après avoir purgé six mois de prison ferme pour une vieille affaire de financement des partis, l'ancien Président avait vu le retour du Général comme un signal marquant la fin de ses épreuves. Il fut donc plus étonné encore quand ce dernier lui demanda :

– Monsieur… Est-ce que nous nous sommes déjà rencontrés ?

L'ancien hôte de l'Élysée bredouilla :

– Mon général, j'étais votre secrétaire d'État en 1967 !

– Tiens donc, j'avais oublié ! Et ensuite, qu'avez-vous fait ?

– Mais enfin… j'ai pris la tête du parti gaulliste. Et je suis devenu président de la République en 1995.

Affreusement gêné, le chef du protocole répétait au grand homme :

– C'est Jacques Chirac… Jacques Chi-Rac, mon général !

De Gaulle parut surpris avant de reprendre :

– Ah oui, c'est vous ! Eh bien, je ne vous félicite pas. L'élargissement de l'Europe, le retour dans l'Alliance atlantique, la privatisation de tout et n'importe quoi… Bref, le pouvoir pour le pouvoir et des idées aussi fixes que celles d'une girouette : ça n'est pas brillant, pour un soi-disant gaulliste !

Un silence consterné glaçait les invités devant ce sermon public. Heureusement, le Président changea brusquement de ton pour conclure sa mise en scène :

– Mais j'admets que vous vous êtes rattrapé en une ou deux occasions. Bravo pour l'Irak, vous avez agi en bon Français ! Et puis vous êtes sympathique, on ne peut pas le nier. Bienvenue à l'Élysée, mon cher Chirac !

L'ancien chef de l'État demeura quelques instants figé, les yeux brillants, tel un enfant complimenté par une grande personne, tandis que le Général saluait les fils de Michel Debré, puis entamait les présentations des personnalités « nouvelles » – qui avaient commencé leur carrière après sa mort officielle.

Sur cette seconde rangée s'alignaient nombre de sportifs, écrivains, acteurs, chanteurs, chercheurs, auxquels le général de Gaulle montra derechef son savoir-faire. Il avait méticuleusement préparé la rencontre et trouva le moyen d'adresser à chacun un compliment personnel. Tous furent séduits par cet art de suspendre les urgences politiques pour se comporter en maître de maison.

Par le choix de ses invités, il avait souhaité prendre en compte l'évolution de la société. Il félicita quelques informaticiens qui travaillaient à la mise au point d'un système d'exploitation entièrement français dans sa conception comme dans son langage. Il échangea quelques mots avec un représentant du Comité pour le logiciel libre, puis sembla particulièrement curieux de faire connaissance avec une égérie transsexuelle. Il se détendit ensuite pour bavarder avec les musiciens des Svinkels, un groupe qui mêlait la provocation des punks aux rythmes du rap sans se départir d'un solide sens de l'humour.

– Alors, monsieur Gérard Baste, comment va le hip-hop ? demanda le vieil homme sur le ton du connaisseur.

– Pour ce qui nous concerne, il s'agit plutôt d'un hip-hop de comptoir. Ambiance café-tabac ! répliqua le chanteur du tac au tac.

– J'aime beaucoup votre idée d'un courant punk... adapté à notre belle langue, osa encore de Gaulle.

– Nous sommes vraiment très touchés d'être ici, renchérit *Mr* Xavier, musicien métis à la voix douce et chaude.

– Mais, dites-moi, reprit le Président, pourquoi avoir choisi le nom d'une bière hollandaise ? Svinkels ! Vous auriez pu appeler votre groupe Kronenbourg ou Mutzig !

– Très drôle, mon général ! bredouilla le troisième larron, Nikus Pocus, traversé par un sanglot d'émotion, tandis que le Président poursuivait sa tournée en complimentant un groupe de techno chinoise du XIIIe arrondissement, puis un trio de chanteuses arabo-phocéennes.

Le moment était venu de gagner la salle de spectacle. Les huissiers dirigèrent les invités vers les chaises recouvertes de velours rouge, pour assister au traditionnel divertissement proposé par la Comédie-Française. Le décor figurait un parking mal éclairé, où des personnages dénudés demeuraient immobiles et silencieux, puis se mettaient à hurler. Après quinze minutes de texte incompréhensible, le chef de l'État eut quelque peine à dissimuler son impatience. À l'issue de cette création, tandis que le public s'approchait du buffet, il fit signe au chef du protocole et lui demanda à l'oreille :

– Qui m'a choisi ce navet pour la représentation ?

– C'était une proposition de la Comédie-Française, mon général !

– Eh bien, c'était une mauvaise proposition. On doit se distraire, dans ce genre de soirée ; et notre théâtre comporte suffisamment de bonnes comédies : Rostand, Guitry, Tristan Bernard, Ionesco, que sais-je encore…

– C'est qu'ils voulaient donner une pièce contemporaine !

– Alors, trouvez-moi un contemporain amusant ! Vous me soumettrez les programmes, dorénavant.

Le Général se montra plus bienveillant devant l'intermède musical qui suivit : trois chansons interprétées par les *Twist Gaullist's*, un de ces groupes qui fleurissaient dans l'enthousiasme de la nouvelle Révolution française. Avec un sourire d'enfant, il écouta, sur un rythme enlevé, leur litanie dirigée contre l'uniformisation des cultures du monde, avant de répéter à chaque refrain leur « fierté de chanter le twist gaulliste ».

Tandis que le groupe se trémoussait sur scène, les convives, de plus en plus détendus, buvaient et parlaient autour des petits fours. Passant dans le fumoir, de Gaulle sortit de sa poche une boîte d'allumettes pour offrir du feu à ses invités – geste hautement symbolique depuis qu'il avait rétabli, un mois plus tôt, des zones fumeurs dans les lieux publics. Une coupe de champagne à la main, il retrouva Mr Xavier, l'un des trois membres des Svinkels. Après avoir consulté discrètement l'une de ses fiches, le Président lui souffla :

– Il paraît que vous aimez la ganja ?

– Je... je dois le reconnaître, monsieur le Général.

De Gaulle le dévisagea avec sympathie avant d'ajouter, sur le ton d'un homme informé des mœurs de la jeunesse :

– Si vous voulez rouler un petit pétard, filez donc aux toilettes et soyez discret. J'ai réussi pour le tabac, mais on ne saurait aller trop vite en besogne.

Tels furent, selon les témoins, quelques-uns des épisodes de cette grande soirée à l'Élysée, un an après le retour du Général. La fête se prolongea tard dans la nuit, alors que le vieil homme s'était retiré depuis longtemps pour retrouver Yvonne dans les appartements privés et regarder enfin son dvd d'*Hibernatus*.

7

Le monde enchanté du Général

Le lac scintillait dans le creux des forêts. Dégringolant des montagnes, les pentes vives couvertes de sapins plongeaient vers la surface argentée. Sur l'onde, quelques barques de pêcheurs se balançaient mollement dans la douceur printanière. On pouvait encore apercevoir, tout en haut, des plaques neigeuses recouvrant les sommets arrondis ; mais les prairies du rivage étaient parsemées de milliers de jonquilles. Ravi par ces beautés, Mustapha marchait au bord de l'eau et humait à grandes bouffées l'odeur des conifères. Il tenait tendrement la main d'Alba qui tourna vers lui son visage. Deux yeux brillants, sur sa peau noire, exprimaient le bonheur de cet instant.

– On va faire un tour de pédalo ? demanda Mouss en désignant l'embarcadère.

– Tu sais bien que je ne sais pas nager ! répliqua timidement Alba.

– Ne t'inquiète pas, ma chérie : pour toi, je plongerais dans l'eau glacée !

Profitant du pont de quatre jours qui reliait, cette année, l'Aïd el-Kébir au lundi de Pâques, M. et Mme Zeggaï venaient d'arriver à Gérardmer, dans le département des Vosges. Depuis longtemps, l'abondance de jours fériés dans le calendrier français faisait sourire à l'étranger ; les laborieux esprits nordiques se demandaient comment pareille désinvolture avait pu perdurer dans une économie moderne (ils ne comprenaient guère mieux la sieste espagnole et d'autres usages périmés). Ils avaient donc été plus estomaqués encore, à l'automne précédent, lorsqu'un décret du Général avait ajouté au calendrier plusieurs fêtes juives et musulmanes – « pour accompagner l'évolution de la société française ». De fait, la mesure pouvait paraître surprenante, car la pratique religieuse semblait plutôt reculer dans ce pays où la population se passionnait davantage pour la politique. Mais les jours chômés permettaient aussi de rompre avec les surenchères de la consommation et du profit – idée centrale du catéchisme *vraiment* gaulliste que Mustapha défendait avec ardeur :

– À quoi bon s'éloigner toujours davantage ? Apprenons à goûter les beautés de nos régions !

Alba et Mouss n'avaient encore jamais mis les pieds dans cette montagne verdoyante, irriguée par des torrents, qui leur parut enchanteresse par contraste avec l'aridité méridionale. Quelques semaines plus tôt, en cherchant sur l'ordinateur, ils avaient repéré une ferme-auberge située près d'un col, au-dessus de Gérardmer, où ils avaient réservé une chambre. À présent, leur pédalo s'éloignait tranquillement vers le milieu du lac. Et, tout en dégustant le soleil d'avril, ils avaient l'impression que leur existence baignait dans une lumière nouvelle.

Mustapha se rappelait ce temps, si proche encore, où le seul but de l'existence consistait à s'enrichir le plus vite possible sur le dos des autres. Il se remémorait ces jours étranges et euphoriques de la Révolution qui avait fait descendre dans la rue des Français de toutes catégories comme pour proclamer : « Nous en avons assez de cette ruée vers le vide ! » Il se rappelait comment les manifestations sur l'œuf mayonnaise avaient aiguisé la prise de conscience collective. Lorsqu'il avait accroché dans son salon une photo encadrée du Général, un ami s'était moqué en affirmant :

– Tu confonds de Gaulle et Pétain. C'est sous les dictatures que les familles accrochent des photos du chef de l'État !

Indigné par ce rapprochement, Mustapha avait décroché le cadre, ce qui n'avait en rien diminué sa ferveur. Durant le premier hiver de la Nouvelle Révolution française, après que le Général eut proclamé le contrôle des frontières économiques, il avait applaudi la loi du 14 février plaçant les loyers sous la maîtrise de l'État. Une série de règles encadrait désormais le marché immobilier et imposait l'installation d'un logement social dans chaque immeuble. Cette mesure qu'aucun gouvernement de gauche ni de droite n'avait jamais osé prendre avait amorcé, en quelques mois, un bouleversement urbain à contre-courant de l'évolution récente. Toute une population d'ouvriers, d'employés, de fonctionnaires, de retraités, de chômeurs, d'étudiants avait regagné le centre des villes. Des familles maghrébines s'étaient installées dans les beaux quartiers face aux appartements bourgeois ; et ce brassage entraînait à son tour une prolifération de commerces et de services.

Mouss avait encore applaudi quand la clinique où il travaillait avait signé une convention avec le ministère de la Santé, débouchant sur l'embauche d'une dizaine d'infirmières et d'aides soignants. Militante de la première heure, Marie-Chantal de la Forge avait investi toute son énergie dans ce projet. Quant à Maurice Zeggaï – alias Mohammed –, qui voulait arrêter l'école, il avait trouvé un emploi dans un atelier de meubles. Depuis le vote de la loi sur la production nationale, l'artisanat connaissait un renouveau extraordinaire. Partout on faisait appel aux vieux charpentiers, aux anciens ébénistes pour qu'ils transmettent leur métier à de jeunes apprentis – tandis que les ventes de mobilier préfabriqué s'effondraient. L'opposition avait lancé un mouvement de protestation contre la « France ringarde », affirmant que les réglementations protectionnistes ressemblaient étrangement à celles prônées, trente ans plus tôt, par l'extrême droite. Exaspérés par ce continuel entre de Gaulle et les dictateurs, les Zeggaï s'étaient rendus à la contre-manifestation : c'est peu dire qu'ils vouaient un véritable culte à l'homme du 18 Juin – devenu désormais, pour eux, l'homme de la NRF.

Après une année d'ardentes réformes sous les yeux sceptiques du monde entier, certains journaux étrangers parlaient prudemment de « renaissance française ». De son côté, Mustapha se voyait comme l'un des apôtres chargés d'accomplir l'œuvre du Général, et il rêvait de connaître ces autres provinces où un même élan commençait à rendre la vie meilleure. En ce deuxième printemps de révolution, il avait donc proposé à sa tendre Alba d'aller goûter aux charmes de la montagne vosgienne dont on lui avait dit si grand bien.

Le jour du départ, ils avaient embrassé leur fils qui venait enfin de couper sa barbichette. Était-ce l'influence du docteur de la Forge qui, de son côté, avait pris goût au thé à la menthe ? Elle leur rendait visite presque chaque semaine, parfois à l'improviste, et se lançait dans des débats sans fin avec le jeune homme. Sans oser le dire à sa femme, M. Zeggaï se demandait, en fait, si Momo et sa patronne ne s'étaient pas mutuellement tapé dans l'œil. L'autre jour, il avait croisé son garçon dans un couloir de la clinique, et celui-ci s'était maladroitement justifié en prétendant qu'il « passait par là »... D'abord gêné par la différence d'âge et de condition, Mustapha avait choisi de respecter cette liaison clandestine. Le Général voulait abolir les barrières sociales et religieuses : ce n'était pas pour dresser des barrières amoureuses entre générations !

Pour se rendre à la gare, les Zeggaï avaient emprunté la nouvelle ligne de tramway qui passait près de chez eux, cours du Moulin-Joli. La vie du quartier devenait plus agréable depuis les restrictions de circulation. Mustapha se rappelait ce rond-point du Flamant-Rose continuellement engorgé, bruyant, malodorant, où une succession de mesures frileuses (pistes cyclables, couloirs spéciaux pour les bus...) n'avait réussi qu'à aggraver la paralysie du trafic. La Révolution avait permis de penser autrement. Grâce à une vraie limitation du nombre de voitures, les rues étaient plus fluides ; les transports en commun circulaient aisément, les taxis nombreux gagnaient mieux leur vie et la ville entière paraissait plus heureuse. Après avoir manifesté contre la réduction des autocars de tourisme, les commerçants eux-mêmes avaient reconnu les avantages de cette décision : loin de freiner l'activité du quartier historique, la fin des embouteillages agissait comme un attrait supplémentaire. Au lieu de visiter les arènes au pas de charge, puis de repartir en un clin d'œil, les visiteurs flânaient plus longuement, découvraient le charme des ruelles, s'attardaient dans les boutiques et restaient quelquefois dans un hôtel pour la nuit.

Montés à Paris par un train à grande vitesse, M. et Mme Zeggaï avaient commencé leurs vacances par une joyeuse soirée à Saint-Germain-des-Prés, dans une brasserie récemment ouverte à la place d'une enseigne de prêt-à-porter (la loi sur le commerce de proximité favorisait dans chaque quartier la diversité des activités : épiceries, restaurants, ateliers d'artisans, bazars, librairies, bistrots, cabarets). Le lendemain, après avoir raté le tgv de midi à la gare de l'Est, le couple avait pris celui de quatorze heures – sans aucune difficulté depuis la réforme de la SNCF et la suppression du système de réservation obligatoire.

Un peu partout dans le pays, le nombre croissant de lignes et de rames en circulation favorisait l'utilisation du train au détriment de l'automobile. L'administration des chemins de fer faisait donc tout pour rendre cette forme de transport agréable en rétablissant les voitures-restaurants et les wagons-lits. Le procès des anciens dirigeants de l'entreprise – l'hiver précédent – avait mis en lumière leur enrichissement éhonté dans la perspective de la privatisation. L'État français avait récupéré les sommes détournées et rétabli une hiérarchie des salaires en plafonnant le plus élevé à quinze fois le montant du plus faible.

À Nancy, les deux voyageurs avaient changé de train. Quand l'autorail s'était enfoncé dans la campagne, puis avait grimpé entre les collines en s'arrêtant à chaque petite station, ils avaient éprouvé un merveilleux sentiment de liberté. Partout des gardes-barrière, casquette sur le crâne, des volets peints et des balcons fleuris au-dessus des voies ferrées, témoignaient de l'activité du réseau. Deux heures plus tard ils arrivaient en gare de Gérardmer, laquelle venait de rouvrir après une interruption de plus de trente ans. Au XIXe siècle, cette ligne avait assuré le succès de la « perle des Vosges ». Après 1970, elle avait succombé à la concurrence du transport routier ; le bâtiment avait fermé ; un parking avait recouvert les voies désaffectées... Mais, depuis quelques mois, on entendait à nouveau le sifflet du chef de gare.

Pour répondre au grand projet d'autosuffisance nationale, quantité d'activités et de services retrouvaient désormais leur utilité. En approchant de la station, les Zeggaï avaient remarqué l'activité des entrepôts de marchandises, où s'entassaient des billes de bois prêtes au chargement. À la descente du train, des porteurs s'étaient emparés de leurs valises. La réforme cadre de la SNCF imposait également l'installation de consignes qui avaient permis aux Zeggaï de déposer leurs bagages pour faire quelques pas au bord de l'eau, puis de grimper sur le pédalo. Ils contemplaient à présent la pureté du ciel, les pentes boisées d'un vert sombre protégeant l'étendue aquatique. Plus loin, sur leurs barques, les pêcheurs taquinaient la truite et le brochet. Tout recommençait comme avant.

Mustapha avait emporté un petit livre à la couverture usée, offert par son grand-père à Oran : cet ancien manuel d'histoire et de géographic, que lisaient les écoliers français à l'aube du XXe siècle, donnait de leur pays une vision idyllique avec ses régions, son agriculture, son industrie, ses richesses naturelles et culturelles. Aujourd'hui, en compagnie d'Alba, Mouss avait l'impression de reprendre l'itinéraire du *Tour de France par deux enfants*. Dans le train, il avait relu ces lignes, au début du livre, quand André et Julien, après avoir quitté l'Alsace envahie par les Allemands, passent enfin la frontière et découvrent les Vosges :

> « La route, formant un défilé entre de hautes collines, suivait tout le temps le bord de l'eau, et les petits oiseaux gazouillaient joyeusement sur les buissons de la rivière… »

Voilà précisément le chemin que semblait suivre l'autocar où ils venaient de monter pour la dernière étape du voyage. Tandis que le véhicule s'enfonçait dans la montagne, M. et Mme Zeggaï nouèrent conversation avec une dame de la région qui leur délivra son commentaire sur le paysage. Après avoir passé le « saut des Cuves » et ses grandes cascades, elle montra une filature fermée dix ans plus tôt alors qu'elle venait d'être remise à neuf, puis une papeterie menacée de liquidation après son rachat par un conglomérat suédois. Les deux sites, aujourd'hui rouverts par l'État, semblaient en pleine activité et ils employaient plusieurs centaines d'ouvriers.

– Il ne s'agit pas seulement d'assurer la production nationale, affirma la dame. La réputation des marques françaises doit permettre de payer les matières premières et les marchandises que nous importons !

Elle avait ajouté cette précision sur un ton plein de confiance. Soudain, désignant un sommet qui dépassait les autres, la dame précisa :

– C'est le Hohneck, notre plus belle montagne. Elle surplombe les grands ravins qui plongent vers l'Alsace.

Cette façon si fière de dire « notre montagne » fit sourire Mustapha. Un peu plus loin, de l'autre côté de la route, elle montra dédaigneusement un terrain vague couvert de hangars métalliques à l'abandon : tout ce qui restait d'un hypermarché. Pendant des années, les grandes surfaces avaient envahi la contrée. Mais tout changeait rapidement depuis qu'une enquête avait épinglé les procédures irrégulières et la corruption des élus. Plusieurs établissements avaient mis la clé sous la porte, ce qui profitait au commerce de proximité, mais aussi aux agriculteurs. D'un peu partout on voyait arriver des jeunes gens ambitieux ou d'anciens ouvriers retournant au village de leurs grands-parents, poussés par un élan collectif pour remettre les fermes en état et fournir les magasins d'alimentation.

Votée l'année précédente, la *loi de modernisation de l'agriculture* revenait sur la plupart des mesures prises depuis des décennies, tant par l'administration française que par le Marché commun, en faveur de l'agriculture intensive. Prônant une conception nouvelle de la « modernité », ce texte limitait le cheptel par exploitation tout en favorisant sa diversité. D'autres réglementations abolissaient l'emprisonnement des animaux dans des boxes en métal et la prolifération des cultures hors sol. Dorénavant, la priorité revenait aux matériaux naturels de chaque région ; la construction d'étables devait respecter le modèle des anciennes fermes, avec leur grenier à foin attenant aux habitations. Une amélioration considérable de la qualité des produits avait suivi, favorisant leur diffusion malgré des coûts supérieurs à ceux de l'agriculture industrielle.

Après avoir peiné sur une route escarpée, dans l'obscurité de la forêt, l'autocar déboucha enfin sur un large col bordé de prairies ; et c'était, tout autour, un enchantement de jonquilles fraîchement écloses après la fonte des neiges. Un kilomètre plus loin, le véhicule déposa M. et Mme Zeggaï au pied d'un chemin. Selon le plan imprimé par

Mouss avant le départ, il leur fallait encore marcher environ trois cents mètres sur la pente escarpée jonchée de poudre d'or. Le sentier semblait rude. Tandis que le bus s'éloignait, Mustapha et Alba, chargés d'un sac et d'une valise, échangèrent un regard d'appréhension ; puis ils songèrent que rien ne pressait et que tout les invitait à prendre leur temps.

Cinq minutes plus tard, en nage, ils s'arrêtèrent pour contempler au loin la courbe évasée des montagnes. Les sapins et les épicéas dessinaient une fine dentelure sur les pentes qui s'entrecoupaient à l'infini. Ils écoutèrent le tintement des ruisseaux courant parmi les herbes, puis ils s'assirent un instant l'un près de l'autre, face à la ligne des crêtes, avant de reprendre leur marche. Quand, enfin, M. et Mme Zeggaï arrivèrent à la ferme, hors d'haleine, on aurait dit deux amoureux se tenant par la main au pays des fées.

Il fallait attendre le dernier tournant du sentier pour découvrir cette grande ferme de montagne qui dominait le versant, son four à pain s'avançant comme un nez sur la façade, son potager fleuri entouré de grillages, son hangar de planches et deux petits chalets construits de part et d'autre. Une voiture était garée près de l'étable ; un chat dormait sur la carrosserie. Plus haut, les prés continuaient à grimper vers la forêt. Tout en reprenant leur souffle, les deux visiteurs remarquèrent plusieurs jeunes gens qui s'activaient. Le plus grand – de type asiatique, au corps mince et à la peau sombre – jetait des poignées de son à une trentaine de poules, de coqs, d'oies et de pintades qui couraient autour de lui. Fascinée, Alba observa ces corps à deux pattes, ces longs cous agités de saccades, ces becs rapides qui lui rappelaient ses livres d'enfant : toute une réalité longtemps gommée par les reportages effrayants sur l'élevage en batterie et la grippe aviaire. Un autre jeune homme au visage couvert de taches de rousseur, chaussé de hautes bottes, se penchait, en bleu de travail et chemise à carreaux, sur l'auge autour de laquelle six cochons s'ébattaient, en attendant l'heure de se transformer en saucisses. Sous le hangar, une fille solide venait de ranger son tracteur et elle s'approcha, en salopette, du couple de touristes.

– Monsieur et madame Zeggaï, sans doute ? Bienvenue à la maison, je vais appeler mes parents qui vous montreront votre chalet. Moi, je m'appelle Judith.

D'un geste de la main, les deux ouvriers saluèrent les arrivants. La jeune fille ajouta en désignant le grand Asiatique et le rouquin :

– Voici Kim et Moshe – qui arrive d'Israël. Ce sont nos deux garçons de ferme…

Elle cria plus fort à leur intention :

– Les gars, je vous présente M. et Mme Zeggaï !

Elle ajouta discrètement à l'intention des hôtes :

– Si vous les voyez s'embrasser derrière la grange, ne vous formalisez pas : ils sont pacsés !

Puis elle précisa, comme un gage de moralité :

– Et membres des Gaullistes gays !

Mme Zeggaï se demanda si elle avait bien compris. Un hochement de tête de Judith lui confirma ses craintes. Alba éprouvait une certaine difficulté à considérer les homosexuels comme des gens normaux, mais elle tâchait de se raisonner. Avec une majorité de Français, elle appréciait d'ailleurs que le gouvernement du Général entretienne un climat libéral en matière de mœurs. Elle se contenta donc d'un regard perplexe vers les deux garçons avant de suivre Judith à l'ombre de la maison.

Après avoir traversé la remise où une source vive s'écoulait dans un grand bac, les Zeggaï découvrirent une cuisine pavée où s'alignaient, sur des égouttoirs, les fromages en train de mûrir. Puis ils entrèrent dans la pièce commune, claire et confortable comme un salon moderne.

– Papa, maman ? cria Judith.

Mouss adorait le contraste entre ce vieux local, plein de fromages au lait cru, et cette pièce meublée d'amples fauteuils où des tableaux abstraits faisaient face à l'écran plat. Lorsque l'agriculteur et sa femme entrèrent par une autre porte, elle en blouse de fermière, lui en élégant costume de velours, les Zeggaï devinèrent qu'il s'agissait d'un de ces couples de nouveaux ruraux qui avaient choisi de vivre à la campagne pour relever le défi :

redonner à ce pays l'agriculture la plus riche et la plus variée. Tous ne réussiraient pas cette reconversion ; mais les nouveaux paysans commençaient à s'organiser et l'exode urbain s'accélérait.

Après avoir conduit M. et Mme Zeggaï à leur chalet tout en leur indiquant les promenades intéressantes, la maîtresse de maison insista pour les recevoir à dîner selon la tradition du premier soir : au menu, une salade, une omelette au lard et du munster, accompagnés d'une bouteille d'Edelzwicker. Elle leur proposa également de venir un peu plus tôt, devant l'écran du salon, pour entendre le discours du Général qui souhaitait présenter son prochain volant de réformes.

À vingt heures précises, Mustapha et Alba retrouvèrent les agriculteurs et leur fille au son de *La Marseillaise*, devant le plan fixe de la cour de l'Élysée. De Gaulle portait un costume civil. Sa main décharnée se levait pour ponctuer les phrases et il semblait se dresser à demi sur son siège pour souligner certains mots d'une voix tremblante :

> « Hier dans l'adversité, aujourd'hui dans la dignité… »

Au calme de cette montagne, son discours paraissait plus émouvant encore. Évidemment, son visage de momie, ses lunettes à double foyer rappelaient chaque semaine l'étrangeté de la situation : comment cet homme de cent vingt ans avait-il pu revenir aux affaires ? Il était là, pourtant, suivant le rituel instauré depuis son retour. Chaque premier vendredi du mois, sur la première chaîne, le Président tirait le bilan de son action et fixait les perspectives. Ses détracteurs ne manquaient pas de railler la déférence des intervieweurs, qui leur rappelait « les pires heures de la télévision d'État ». Une large partie du public restait toutefois subjuguée, lors des interviews du Général, par cette belle syntaxe dont l'usage s'était progressivement perdu. Même la jeunesse qui, hier, se moquait des inutiles complications du français, commençait à délaisser les anglicismes pour s'exercer à des jeux de subjonctif par lesquels chacun s'essayait à surpasser son voisin.

À chaque intervention, le Général rappelait obstinément son projet ; mais il savait également surprendre : ainsi, lorsqu'il avait pris le risque de l'impopularité en soumettant les joueurs de football à la hiérarchie des salaires, et que le peuple français, après maints débats, avait finalement choisi d'applaudir. Le mois suivant, après de nouvelles émeutes en banlieue, le Président avait dénoncé les manipulations de truands, furieux de voir fondre leur activité depuis la dépénalisation du cannabis. Se rendant au festival de musique de Bobigny, il avait lancé son fameux : « Vive le rap libre ! » et retourné la situation en sa faveur. La semaine suivante, tandis que l'opposition s'évertuait à dénoncer le « pouvoir personnel », de Gaulle avait ordonné la destruction de la croix de

Lorraine inaugurée en 1972 à Colombey-les-Deux-Églises : « Ce hideux monument édifié contre ma volonté, par ceux qui préfèrent le culte de la personnalité à une véritable politique gaulliste. »

Ce soir, le Général désirait parler de l'enseignement. Il souligna d'emblée la difficulté de la mission car, dans ce domaine également, un immense savoir-faire s'était perdu. Plusieurs générations de professeurs n'avaient pu recevoir un enseignement académique solide, si bien que, malgré leur bonne volonté, ils transmettaient à leurs pupilles « un savoir confus et tronqué ». La voix du Président vibra plus fort :

> « C'est pourquoi il faut placer en tête de nos actions la formation complémentaire des maîtres – grande tâche à laquelle tous les intellectuels sont invités à contribuer, dans des formes qui seront définies par le ministre de l'Éducation nationale… »

Peu après le début de l'allocution, Kim et Moshe avaient rejoint la famille dans le salon, et M. Zeggaï s'était tourné vers eux, le doigt sur les lèvres, pour demander silence. Discrètement enlacés sur un canapé, les deux garçons de ferme écoutèrent de Gaulle aborder le dernier volet de son intervention.

> « Dans un tout autre registre, je voudrais dire aux Français que, même si le progrès nous permet de vivre aujourd'hui très âgés… »

Sur ce mot, il demeura un instant le regard fixe, comme s'il parlait de lui-même :

> « … Il importe qu'un gouvernement responsable, dans une société civilisée, réfléchisse à la mort, et pas seulement à la vie. Les souffrances intolérables de la maladie, la déchéance involontaire et malheureuse de certains nous obligent à tout mettre en œuvre pour offrir à chacun les moyens d'atténuer l'épreuve, s'il le souhaite, et de choisir le moment de quitter cette existence… »

Tout le monde devant le poste semblait captivé. Qui pouvait ignorer ces angoisses, surtout parmi les plus âgés ? Le Général les avait résumées autrefois par une formule restée célèbre : « La vieillesse est un naufrage. » Mais jamais encore un homme d'État n'avait osé aborder ouvertement de telles questions, combattues par la plupart des religions, jusqu'à cet instant où il annonça :

> « Je propose de lancer un vaste programme de recherches sur ces questions. »

À ces mots, chacun eut l'impression d'appartenir au pays le plus civilisé de la Terre.

Tout en écoutant béatement, la fille de la maison avait allumé une cigarette de marijuana naturelle, devenue l'un des fleurons de l'agriculture française. De fait, le Général semblait obsédé par l'idée de ne pas retomber dans les pièges de 1968 en se coupant de la jeunesse, car l'avenir immédiat demeurait lourd de menaces. L'opposition guettait la moindre erreur pour lancer sa contre-offensive. L'Union européenne accusait Paris d'avoir enfreint les règles communautaires. Après le ralliement spontané de la Wallonie, une intervention militaire musclée de la coalition unioniste avait mis fin à la sécession belge ; mais d'autres pays craignaient la contagion. Ils préféraient hausser le ton et menacer la France de sanctions sévères si le pouvoir n'annulait pas son programme de nationalisations et ne rétablissait pas la libre circulation des flux financiers. Le gouvernement des États-Unis et les membres de l'OTAN appuyaient ces condamnations.

En Afrique, au contraire, plusieurs pays soutenaient activement la politique gaulliste. Depuis que le président de la République du Mali avait proclamé son rattachement à la France nouvelle, l'alliance des deux peuples alimentait des élans de sympathie : la mode malienne s'était répandue dans les boutiques. Marie-Chantal de la Forge avait adopté le boubou, tandis que certains parents français appelaient leurs enfants Fatou, Lala ou Amadou. La presse d'opposition et les médias anglo-saxons ne manquaient pas d'ironiser sur ce retour de la Françafrique, et la « résurgence honteuse du colonialisme » – au moment où les gouvernements africains pouvaient céder sans contraintes, sur le marché mondial, d'immenses superficies agricoles et forestières.

Le Général évoquait rarement tous ces sujets en public, mais on le sentait résolu dans un terrible bras de fer. L'honneur de son peuple était en jeu. La menace omniprésente, mais surtout le sentiment de la liberté recouvrée dans une œuvre exceptionnelle, soudaient une large majorité de Français. Si bien qu'à la fin du discours tout le petit groupe se leva spontanément, les parents côte à côte, leur fille aspirant une bouffée d'herbe, Kim et Moshe main dans la main, et les Zeggaï plus fiers que les autres, pour entonner *La Marseillaise* devant le drapeau tricolore sur lequel défilait le générique de fin.

8

Sentiments français

De mon petit bureau, je vois par la fenêtre l'Hôtel-Dieu, témoin sans charme d'un Paris disparu, qui me fait pourtant rêver quand la neige tombe sur les murs noirs de ce « triste hôpital ». Plus près de moi, j'ai posé une photo aérienne de Manhattan et, parfois, je me perds un instant dans ce quadrillage de rues où j'ai senti si fort la joie d'être moderne, libéré de l'Europe et de ma naissance ; où j'ai retrouvé même le plaisir d'être français, loin de chez moi, égaré sans but au centre du monde.

Quand je vais à New York, l'une de nos occupations favorites, avec mon ami Bruce, consiste à déchiffrer les gestes de nos congénères. Parfois, nous nous asseyons sur un banc de Central Park pour observer les promeneurs. Ils approchent, deux par deux, le long du petit étang de la 59e rue. Quelques-uns ralentissent pour regarder les canards qui glissent entre les roseaux. Juste au-dessus de ce recoin champêtre, la forteresse urbaine se dresse à la verticale avec ses donjons néo-gothiques, ses falaises de verre aux reflets solaires, ses dents d'acier perdues dans le ciel. Mais, tandis que les flâneurs goûtent la magie contrastée du paysage urbain, notre distraction secrète consiste à deviner de quel pays viennent ces différents passants.

Je ne parle pas, bien sûr, des signes extérieurs qui pourraient laisser croire que tous les hommes en culotte de peau sont des Tyroliens. Non, devant ces corps uniformément vêtus à la mode mondiale, nous cherchons plutôt à saisir certains détails significatifs, une posture volontaire ou nonchalante, une façon de s'exprimer avec certains gestes ; et notre analyse nous trompe rarement, parce qu'un Européen ne marche pas exactement comme un Américain, un Anglais ne porte pas ses vêtements comme un Français, un Italien ne parle pas comme un Allemand. Même à une époque qui a ravalé les anciennes cultures nationales au rang de vieilleries, on dirait que chacun reste plus ou moins façonné par ce moule : toute une combinaison d'histoire, de langues, de religions et d'autres sources cachées qui déterminent secrètement notre façon d'être.

Dès notre première rencontre dans un bar d'East Village, Bruce s'était enchanté du fait que – sous mes taches de rousseur irlandaises – je puisse avoir un style intégralement *français* : les gestes de main ponctuant mes phrases, ce bon genre bourgeois un peu artiste… Sa réaction m'amusait. Dans mes années de ferveur gauchiste, cela m'aurait horrifié d'être *structurellement français*. Il me semble désormais que je ne déteste pas cette idée : non pour revendiquer un titre légitime que j'aurais le droit de refuser aux autres ; mais plutôt comme un héritage mystérieux dont je découvre, au fil du temps, combien il me colle à la peau ; en quoi il constitue une limite, mais en quoi il recouvre aussi des richesses qui peuvent même se cultiver avec un peu de fierté. Je ne parle pas seulement de ce vieux sentiment qu'on appelait autrefois le patriotisme, mais d'une contribution à la diversité du monde où il me sera toujours plus agréable d'entendre chanter le russe ou l'italien que de subir, dans un mauvais anglais, les clichés de la *Star Academy*.

Comment apparaissent ces traits ? Quel est ce processus d'identification ou de répulsion qui nous conduit, presque malgré nous, à nous identifier à notre pays, voire à le rejeter ? Que veut dire au juste être français ? Non pas légalement, bien sûr ; non pas juridiquement ; mais que signifie le fait de « se sentir français » ? Une de mes amies, mi-alsacienne, mi-vendéenne par ses origines, m'affirme qu'elle ne se sent pas du tout française : ce pays n'est pour elle que le sanglant persécuteur des anciennes provinces. Et la réponse doit être encore différente pour ceux dont les familles sont devenues françaises plus récemment, parce que des parents, à la recherche de travail, se dirigeaient spontanément vers l'ancienne puissance coloniale.

Plus banal, en un sens, est mon propre style, façonné par une éducation catholique et provinciale. L'Histoire qu'on nous enseignait alors, dès l'école primaire, n'était pas l'histoire *du* monde, mais l'histoire de la France *dans le* monde ; la littérature se confondait avec la littérature française ; la géographie était celle de « nos » régions, de « nos » ressources agricoles et industrielles, schématisées sur de grandes cartes en couleurs. Le 11 novembre, j'assistais au défilé où m'emmenait mon grand-père paternel, dont le propre père était mort à la guerre, en 1918. La France était partout, sur les disques qui tournaient, dans les chansons de Jacques Brel, Français à l'accent belge, ou celles de Dalida, Française comme une Égyptienne. Nous partions en vacances, en 2CV Citroën (nul besoin alors de *protectionnisme* : il n'était pas question d'acheter une voiture étrangère), sur ces longues routes départementales, bordées de coquelicots et de bornes kilométriques, où l'on s'arrêtait pour visiter des églises romanes. Mais notre conscience française se déployait aussi dans un regard sur le monde : une admiration timide pour la grande musique allemande, une sympathie amusée pour les nurses anglaises, une familiarité avec l'Italie qui était la beauté même.

Voilà ce qui m'avait façonné, pour le meilleur et pour le pire, comme tant de petits Français, d'Allemands, d'Anglais ou d'Américains qui ne pouvaient davantage choisir leur destin… Et voilà ce que j'ai parfois cultivé, plus ou moins consciemment, dès l'adolescence, même si l'idée d'*être français* avait un côté absurde. Au-delà de cette identité imposée, au-delà même du ridicule chauvin et cocardier, quelque chose de ce pays me parlait : le bonheur coloré de Monet, l'émotion contenue de Ravel, la mélancolie rythmée d'une valse de Gus Viseur ; ce goût de l'humour et de la comédie qui anime aussi bien Molière, Voltaire, Marcel Aymé que Sacha Guitry ; sans oublier les chansons de Brassens et de Gainsbourg qui épousent si finement cette langue ; ni l'abondante imagerie de la grande ville, des quais de Seine et des cafés parisiens ; ni ce cinéma en noir et blanc qui raconte une France devenue exotique, avec ses hôtels de passe et ses meules de foin. Ce n'était sans doute pas toute la France, mais c'est ainsi que je l'aimais, déjà, sans le savoir.

Le même sentiment se retrouve aussi bien chez beaucoup d'étrangers qui ont choisi ce pays. Les artistes de l'école de Paris étaient plus subtilement français que maints « nationaux » sûrs de leur titre de propriété : je songe à tous ces compositeurs roumains, tchèques, polonais, venus en 1900 vivre à Paris, ville des arts, où beaucoup allaient mourir dans l'indifférence. Les vieux Algériens qui bavardent sur les bancs publics expriment toute une nostalgie française, dans leurs conversations et dans leurs rêveries, difficilement compréhensibles par les blancs-becs nourris au McDo et chaussés de Nike. Mais on se découvre encore français aux yeux des autres, presque sans le vouloir – comme ce jeune Allemand venu me rejoindre sur les falaises normandes, qui s'enchantait du paysage en répétant, les yeux brillants, comme si j'y étais pour quelque chose : « Ah, vous, les Français ! » Bêtement, je me sentais flatté, et je retrouve encore cette impression en voyage lorsqu'un Américain me regarde comme un Français et que je lui proclame en retour mon amour des rues de Chicago, de la musique de Steve Reich et de l'esprit vivant qui anime son pays.

Quelle signification ce sentiment peut-il avoir encore, aujourd'hui, pour des générations gavées de *culture globale* avec ses produits, ses marques, ses formats, ses gadgets, son imagerie publicitaire ? Chacun sent bien qu'au-delà des discours sur la « spécificité française » et son « modèle républicain » cette société n'a plus rien d'exemplaire. Depuis un demi-siècle, la France, sous prétexte de modernité, a gommé ses caractères et ses aspérités au point d'adopter souvent la seule référence américaine, y compris par le biais de cette Europe unie où l'on échange une monnaie barrée de deux traits, comme le dollar. Quel sentiment français éprouve-t-on à la caisse de Carrefour ou en week-end à Eurodisney ? L'identité s'est-elle réduite à un passeport ?

Le football est sans doute l'un des derniers terrains où s'exprime un relent de nationalisme. Comme si, parallèlement à la mort des vieux pays, de leurs styles de vie si différenciés, chacun applaudissait une forme ultime de fierté autour des équipes de corps musclés. Notre société, si vigilante pour combattre tout repli sur soi, s'évertue à construire des stades toujours plus nombreux et toujours plus vastes – où se manifestent les instincts grégaires. Le match devient le terrain des surenchères où s'achève la comédie des drapeaux. Parfois, quelques Français de couleur huent l'équipe de France pour rappeler qu'ils n'ont aucune raison de croire en cette patrie moribonde. Face à eux, des responsables de tous bords s'indignent à grands cris, quand bien même ils ont renoncé depuis longtemps à l'idée que la France puisse avoir un sens hors des stades. Ils ne pèsent guère, de toute façon, dans l'évolution du monde qui a presque refermé le chapitre d'histoire des nations européennes.

Pour ceux qui ont grandi dans de pauvres quartiers, entre une culture familiale d'origine lointaine et l'image dégradée de leur pays d'adoption, il n'est guère facile de s'identifier positivement à cette société qui, dans le même temps, ne cesse de faire contrition pour tout le mal qu'elle a causé à leurs ancêtres. On comprend qu'ils puissent siffler

La Marseillaise, tant ils peinent à savoir s'ils sont français ou victimes de la France. Mais, après tout, l'identité ne réside pas dans un refrain bêtement martial que j'aurais aussi bien sifflé au même âge. La nation n'est pas emballée dans un drapeau. Et tout incite à partager le scepticisme de ces jeunes gens devant un pays dont les bruyantes prétentions se réduisent à des mots – tandis que les faits ressemblent de plus en plus à ce qui existe partout ailleurs.

Largués dans une patrie qui ne s'aime guère, quelques-uns ravivent pourtant une sorte de beauté française par leur façon d'employer cette langue, d'habiter leur pays, de réinventer ses habitudes, d'exercer leur ironie sur le monde où ils ont grandi. Tous ne dédaignent pas l'idée de prolonger cette Histoire, au lieu de la regarder en négatif. La France reste une aventure personnelle, nourrie de rêves et de souvenirs, de hasard et de volonté. Autrefois, les accents lyriques du patriotisme conduisaient certains esprits apparemment sérieux à vouloir « mourir pour leur pays ». Aujourd'hui, la France conserve une beauté secrète et fragile qui vaut peut-être mieux que les grandes causes.

9

Le départ du Général

– Tout ça commence à me brouter, Prévoteau !

La réplique avait fusé dans le silence, sur ce ton graveleux de militaire qui, parfois, se mêlait à la noble élocution du Général. Jacques Prévoteau de la Bretelle baissa les yeux. Tout en s'efforçant de dissimuler sa gêne, il était envahi par une bouffée de chaleur tandis que le Président, bougon, prenait son verre et le tendait au maître d'hôtel.

– Doucement, mon ami, susurra Yvonne qui jeta un regard implorant au serveur.

À l'évidence, le grand homme avait trop bu. Son âge canonique n'autorisait plus le moindre excès ; mais Charles de Gaulle était de mauvaise humeur et les états d'âme qu'il dominait en public s'épanchaient, depuis le début de ce déjeuner privé, devant sa femme, son directeur de cabinet et le gouverneur du Mali, Bernard Mamdou. Surpris, ce dernier restait toutefois plus détendu que les autres convives, du fait des égards que lui prodiguait le chef de l'État comme représentant du pays frère africain.

– Encore un petit peu de blanquette, mon général ? demanda le maître d'hôtel.

– Je n'ai plus faim, coupa sèchement le vieillard.

Puis il reprit en tapant du poing sur la table :

– Trois quarts de siècle qu'ils me chient dessus !

– S'il vous plaît, Charles ! s'indigna Yvonne de sa voix minuscule.

– Non, ça ne me plaît pas et je ne me tairai pas. Voyez-vous, mon petit Prévoteau…

Sur un ton soudain paternel, de Gaulle s'était tourné vers son fidèle collaborateur. L'abus de vin semblait faire circuler un sang nouveau dans son corps de momie. Sa peau parcheminée paraissait plus souple ; elle avait pris une teinte légèrement rosée et ses yeux étaient injectés de sang.

– Voyez-vous, Prévoteau, toute ma vie (du moins quand elle a commencé à compter aux yeux des autres), j'ai entendu le même refrain : à Londres, déjà, j'étais ce « militaire ambitieux » qui cherchait à prendre le pouvoir. L'ambassadeur Alexis Léger et même Saint-Exupéry me regardaient comme un importun. Pas assez lisse, pas assez chic, pas assez soumis !

– Les Britanniques vous ont quand même accueilli pendant la guerre !

– Jusqu'à un certain point. Et seulement grâce aux Africains qui avaient rallié la France libre.

Le visage du gouverneur du Mali s'éclaira :

– Vous avez raison, mon général. L'Afrique sera toujours à vos côtés.

Rêveur, de Gaulle posa sa main décharnée sur celle du chef coutumier africain. Puis, comme son verre était vide, il regarda celui de son voisin en prononçant à mi-voix :

– Tiens ! Vous avez du vin, vous ?

Comprenant le message, le maître d'hôtel s'approcha pour verser encore un peu de saint-émilion sous les yeux affolés de la maîtresse de maison. Le Président s'écria :

– Toast au gouverneur Bernard Mamdou !

Il ajouta avec un grain de nostalgie dans la voix :

– En hommage au gouverneur du Tchad Félix Éboué qui nous a tellement aidés le 26 août 1940. Je m'en souviens comme si c'était hier !

Cul sec, le Général engloutit son verre de bordeaux avant de le reposer fortement sur la table. Plongé dans ses souvenirs, le visage du vieillard était maintenant éclairé par un sourire de joie ; le cuir de son front prenait une chaude lueur de bronze ; mais son épouse avait fini par baisser la tête, et regardait fixement son assiettée de blanquette dans une attitude de contrition. Seul le balancier de la pendule entrecoupait obstinément le silence. Alors, d'une voix puissante, le maître de maison se tourna vers son directeur de cabinet :

– Vous ne vous rappelez pas, sacré Prévoteau, vous n'étiez pas dans le coup, à l'époque. Mais en 44, tous ces grands esprits, Franklin Roosevelt en tête, restaient persuadés que j'allais instaurer une dictature. Où donc ont-ils été chercher cette idée ? Une véritable obsession !

– Vous trouverez toujours refuge à Bamako, mon général ! affirma solennellement le préfet Mamdou, de la tribu dongo.

– Merci, mon frère, prononça le chef du dernier village gaulois.

Puis l'élan d'ivresse retomba. De Gaulle montra soudain sa lassitude et le maître d'hôtel, qui plus tard devait rapporter cette scène, éprouva une étrange impression : la sueur qui perlait aux tempes du Président ressemblait à un maquillage en train de couler… Allait-on découvrir le visage de l'imposteur ? Le vieillard se tamponna avec un mouchoir et reprit alors, comme si d'autres souvenirs affleuraient par vagues successives :

– Je les ai bien eus, pourtant, quand j'ai claqué la porte, en 1946. Messieurs les ministres et les députés, le dictateur vous dit bye bye ! Eh bien, ça ne les a pas empêchés, pendant toutes les années suivantes, de ruminer la même chose : de Gaulle est un tyran, il veut établir une dictature militaire !

Une voix implorante s'éleva du bout de la table :

– Cessez de penser à tout cela. Il faut vous reposer, Charles.

– Me reposer, me reposer, j'aurai toute la mort pour me reposer ! Enfin, si ces messieurs veulent bien me laisser mourir en paix après m'avoir accusé une fois encore d'être le fils monstrueux d'Hitler et de Staline !

Repoussant ces accusations d'un regard ahuri, le Général convoqua l'Antiquité :

– César trouvait déjà les Gaulois insupportables, capables de briller quand ils unissent leurs forces, mais le plus souvent divisés, gaspillant leur temps en bavardages !

Il prit Prévoteau de la Bretelle à témoin :

– En 1958, ils étaient bien contents, finalement, que je sauve la République et les débarrasse de l'Algérie. Eh bien, ça ne les a pas empêchés de recommencer. On vous l'avait bien dit : de Gaulle est un militaire incontrôlable, de Gaulle est un dictateur mégalomane, de Gaulle est un nationaliste fanatique, de Gaulle nous mitonne son coup d'État permanent... Je n'ai entendu que ça pendant toutes ces années.

Il regarda sa femme comme s'il lui demandait, cette fois, la permission :

– Allons, Yvonne, trinquons un coup !

Pour l'inciter à conclure ce pénible spectacle, la première dame de France dressa son verre d'eau face à l'homme qu'elle aimait depuis près d'un siècle et qui poursuivait dans son élan :

– Je les revois comme si j'y étais, ces petits-bourgeois exaltés qui défilaient en mai 68 et me comparaient au Führer. Hier ou aujourd'hui, je les entends, puisque ce sont les mêmes. À soixante ans passés, ils tirent les ficelles. Après avoir conduit ce pays à l'abandon et à la faillite, ils retrouvent enfin le sens du combat : persuader le bon peuple qu'il s'est soumis à ma tyrannie. Et utiliser les armes de De Gaulle pour tuer de Gaulle !

Le Général faisait allusion à l'intervention récente d'un groupe de parlementaires qui, depuis Bruxelles, avaient lancé un appel à la « résistance du peuple français ». Il se tourna vers le préfet :

– Vous avez vu, Mamdou ? Ils parlent de résistance, les anciens gardes rouges ! Pendant que leurs petits-enfants défilent avec les mêmes airs de sales mioches, persuadés que je veux les empêcher de devenir tout à fait modernes !

Ses bras s'agitaient, ses yeux jetaient du feu. Dans un nouvel élan, sa voix fut traversée par un tressaillement :

– Et à présent, ces traficoteurs de pensée osent prétendre que j'aurais lancé un programme eugéniste !

Il se tourna vers sa femme, l'air atterré :

– Eugéniste ! Eugéniste ! Vous entendez cela, Yvonne ? En réalité, une simple réflexion de bon sens… qui, selon eux, mettrait la France au ban des nations !

Il soupira encore :

– Ce sont leurs mots, toujours leurs mots qui ne veulent rien dire : le grand air du complot ! Quand je voudrais seulement me reposer un peu avec vous, ma chère amie…

Mme de Gaulle éprouva un pincement au cœur en entendant la voix blessée de son mari :

– … et quand je prétends redonner un peu de dignité à tant de malheureux rincés par cette société pourrie.

Dans un souffle épuisé, il ajouta :

– Pauvre France !

Pris par l'émotion, le préfet Mamdou avait fait signe au maître d'hôtel qui servit une dernière tournée de bordeaux, puis il leva son verre en clamant :

– Nous ne vous abandonnerons pas, mon général !

Le 23 juillet, les forces de la coalition entraient dans Paris par la porte d'Orléans. Le commandant tchèque de cette opération internationale placée sous l'autorité de l'OTAN avait tenu à investir la capitale française par le sud, comme la division Leclerc en août 1944. Tous les symboles comptaient pour marquer la Libération après ces trois années de tyrannie. Seule différence avec la Seconde Guerre mondiale : la cible des Alliés n'était pas l'armée allemande, mais le général de Gaulle, illégalement installé à la tête du pays.

Certains détails méritent d'être rappelés. Depuis la suppression de l'Histoire de France dans les écoles et son remplacement par des cours d'histoire de la démocratie, les jeunes générations n'ont plus qu'une vague notion des événements de cette période. Les mieux instruits savent qu'un prétendu de Gaulle – se faisant passer pour l'homme du 18 juin 1940 – profita d'une période de troubles pour prendre la tête du pays, en ravivant un nationalisme aux relents cocardiers. Déjà revenu au pouvoir en 1958, de Gaulle s'était montré largement dépassé par le monde moderne, obsédé par des idées fixes comme la « grandeur de la France », l'indépendance militaire, la prétention d'une puissance moyenne à jouer un rôle diplomatique. À la lumière des événements récents, certains chercheurs se demandent d'ailleurs si ce « second » de Gaulle, père de la Cinquième République, était bien le même homme que celui de 1940, ou s'il ne s'agissait pas *déjà* d'un imposteur. Le « troisième » de Gaulle, au XXIe siècle, allait s'évertuer, plus nettement encore, à enfermer le pays dans ses mauvais penchants.

Tout avait commencé par une directive sur la conservation des sauces – mesure d'hygiène, apparemment dérisoire, qui avait provoqué en France un débordement d'agitation. L'Union européenne avait-elle commis une faute en se montrant trop ferme dans son travail de réglementation ? Les spécialistes s'accordent du moins à considérer qu'un groupuscule terroriste – recourant au piratage pour s'infiltrer dans le réseau télévisuel – profita des circonstances pour mettre en scène ce « général de Gaulle » âgé de cent vingt ans.

Après plusieurs mois de crise politique, les élections lui donnèrent un semblant de majorité pour lancer une série de réformes visant l'objectif de l'autosuffisance à l'intérieur de frontières étanches. L'Imposteur bénéficiait d'un terrain favorable dans un pays encore bercé par une illusion de grandeur. Après l'exil des représentants des partis démocratiques, puis le rattachement tapageur de la Wallonie et du Mali à la France, l'Union allait toutefois condamner ce régime qui précipitait tout un peuple dans la régression, en bafouant le principe universel de la concurrence libre et non faussée. Plusieurs résolutions visant à condamner ce coup d'État furent présentées au Conseil de sécurité des Nations unies par le Royaume-Uni, avec l'appui des États-Unis et de la Chine. L'Assemblée générale restait toutefois divisée sur plusieurs questions : le siège permanent français à l'ONU revenait-il aux gaullistes ou au gouvernement en exil qui voulait en faire un siège européen ? Quant à la Russie, en proie aux penchants ultranationalistes, elle soutenait par son abstention le pouvoir gaullo-fasciste et repoussait la perspective d'une intervention militaire.

Devant l'impossibilité de régler la question aux Nations unies, l'Union se tourna vers l'Alliance atlantique. Un gouvernement illégitime pouvait-il sortir son pays de l'OTAN sans bouleverser l'équilibre des forces occidentales ? L'arrogance française n'affaiblissait-elle pas la protection américaine sur le Vieux Continent ? Bruxelles lança un premier ultimatum exigeant l'organisation d'élections libres sous contrôle international. En cas de refus, l'Europe se réservait la possibilité de faire appel à l'OTAN pour des opérations ciblées... Mais, là encore, un grain de sable enrayait le dispositif. Car si le démantèlement des armées, entrepris depuis trente ans, limitait les capacités de défense de la France, ce pays disposait toujours du terrible arsenal conçu par de Gaulle au début des années soixante : cette force nucléaire stratégique qui faisait de l'hexagone un sanctuaire inviolable. Comment assurer que le pseudo-Général, dans sa furie nationaliste, ne serait pas tenté de s'en servir ?

Lors d'une nouvelle réunion, le Conseil des ministres des Trente se prononça pour le blocus du territoire français. Le manque de matières premières et l'impossibilité de voyager mobiliseraient la population contre le tyran et constitueraient le plus efficace ferment d'une contre-révolution. Les forces de l'Alliance se postèrent aux frontières terrestres et maritimes pour riposter à la fermeture économique en organisant l'isolement forcé du pays. Au bout de six mois, il apparut pourtant que le blocus n'avait aucun effet. La France conservait des ressources innombrables. L'énergie demeurait disponible en abondance grâce au parc de centrales nucléaires édifiées au temps des grands programmes nationaux ; et le confinement à l'intérieur des frontières avait peu d'effet sur le moral des Français qui semblaient goûter plus que jamais la beauté de leurs campagnes ressuscitées par le programme de soutien à l'agriculture traditionnelle. Cette foi collective, caractéristique des dictatures, allait permettre à l'hystérie nationaliste de perdurer quelques mois encore.

C'est alors qu'une rencontre secrète des chefs de gouvernement déboucha sur une stratégie plus subtile pour abattre la tyrannie. Ce plan visait à utiliser les réseaux d'information en ligne pour semer le trouble dans l'opinion. Sans relâche, des messages allaient envahir les ordinateurs ; intellectuels et créateurs seraient mobilisés pour tourner en dérision la mystique de l'autosuffisance et du retour à la terre : « De Gaulle, le nouveau Pétain ! » résumait une formule choc. Des bataillons d'internautes se mirent au travail.

L'opération se fixa d'emblée sur un aspect particulièrement scandaleux de l'action du Général : ces *Centres de la mort douce* où les grands malades et les personnes suicidaires pouvaient quitter l'existence dans des conditions relativement paisibles. Le pseudo-de Gaulle, depuis son retour, semblait obsédé par cette question. Après l'ouverture du premier centre, il avait désigné ce projet comme « la plus noble mission que puisse accomplir un gouvernement civilisé ». Les représentants des grandes religions, appuyés par des philosophes, firent alors pleuvoir des déclarations indignées, rapprochant ce programme public d'euthanasie de la solution finale. Le succès des centres de la mort douce n'apportait-il pas, en outre, une preuve de la dépression du peuple français sous la botte ? Cette campagne allait troubler profondément une partie de la population, qui se demanda si le Président n'était pas allé trop loin en se consacrant à la mort plutôt qu'à la procréation.

La seconde salve fut déclenchée après la découverte d'une photographie compromettante. Prise dans une école primaire, lors de l'inauguration d'un arbre de l'Indépendance, elle montrait le vieux Prévoteau de la Bretelle en train d'embrasser goulûment une fillette de sept ou huit ans. Retrouvée par des reporters, la mère de l'enfant avait décidé de porter plainte. Elle se disait horrifiée par les attouchements auxquels se serait livré le vieillard, provoquant chez son enfant un traumatisme irrémédiable. Cette campagne se répandit comme l'éclair malgré les dénégations du directeur de cabinet, qui tenta de se justifier à la télévision, rosette à la boutonnière, mais sembla peu crédible lorsqu'il jura n'éprouver « aucune attirance pour les petites filles ».

La question de son renvoi fut posée par une journaliste lors d'une conférence de presse du Général, qui s'emporta au lieu de s'excuser :

– Je ne répondrai pas, madame, à cette question !

La journaliste insista :

– La maman de cette fillette a pourtant apporté un témoignage accablant !

À ces mots, le chef de l'État éclata :

– La *maman* ! La *maman* ! Quel âge avez-vous pour parler comme un bébé ? Et quand cesserez-vous de proférer vos accusations indignes ?

Dès le lendemain, plusieurs collectifs de femmes se rassemblaient derrière des banderoles : « Les enfants et leurs mamans indignes exigent la vérité ! » ; ou encore « Pas de violeurs au gouvernement ! » Une seconde fois, le pouvoir de l'Imposteur semblait ébranlé. C'est alors que Bruxelles lança la troisième phase de son projet, celle qui allait utiliser contre la dictature la plus malléable des armes : la jeunesse.

Sorti de l'imagination d'un publicitaire, le coup de génie consista à lancer une rumeur selon laquelle le *freeweb*, un nouveau réseau à très haut débit, entièrement gratuit et accessible partout, venait de voir le jour aux États-Unis. Cet instrument serait prochainement mis à disposition des internautes de toute la planète, *à l'exception des Français* qui s'étaient placés délibérément hors de la communauté internationale. Quelques jours plus tard, un communiqué précisa que l'Union européenne – désireuse de ne pas pénaliser un peuple soumis à la tyrannie – avait souhaité que l'hexagone bénéficie du même dispositif ; mais une troisième dépêche annonça que le Général aurait fermement refusé que les citoyens français recourent à une technologie d'origine étrangère.

Aussitôt les protestations se multiplièrent et l'opposition sauta sur l'occasion pour se ressaisir. Des milliers de lycéens défilèrent en scandant des slogans tels que « Oui au *freeweb* ! », « De Gaulle au frigo ! ». Les chaînes privées se mirent de la partie, accusant l'ORTF de minimiser la contestation. Certains reportages mentionnèrent l'action secrète d'un mystérieux Service anti-contestation (le SAC) dont les miliciens auraient enlevé plusieurs opposants. Une fois de plus, le Président monta au créneau, près du drapeau tricolore, pour dénoncer les « manipulations » à propos d'un projet dont l'existence réelle demeurait « hautement improbable ». Il s'en prit aux « ennemis de la nation », décidés à s'approprier la richesse collective « comme les rapaces se partagent les lambeaux d'un cadavre ». Mais ce langage grandiloquent n'atteignait plus son but ; et il produisit même un effet désastreux en servant ceux qui accusaient le despote de maintenir les Français dans le mensonge et l'isolement.

Toujours plus nombreux, bruyants et chahutants, des rubans multicolores autour du front, les adolescents entraînaient leurs parents aux rassemblements organisées contre la tyrannie. Durant la manifestation monstre du 12 juin, deux millions de personnes défilèrent aux cris de « Vive le *freeweb* mondial ! » Devant ce mouvement irrésistible, les partisans du Général faisaient profil bas. M. et Mme Zeggaï avaient écouté gravement sa dernière allocution. Jamais l'illustre vieillard n'avait trahi à ce point son âge : visiblement épuisé, il avait évoqué ces cycles d'histoire française qui font grandir l'espoir, anéanti par l'abandon avant de renaître encore. Le cœur serré, Mustapha avait compris qu'il préparait son départ. Mais de Gaulle, semblant se ressaisir, avait alors invité « tous les Français libres à se regrouper dans les petites villes et dans les campagnes », au moment où les principales agglomérations basculaient dans le chaos.

Répondant à l'appel, Mouss et Alba avaient bouclé leur valise et repris le train pour les Vosges. Ils espéraient trouver un environnement combatif dans ce village où ils avaient séjourné à plusieurs reprises. Ils se mirent donc en route, accompagnés de leur fils qui arborait son t-shirt « Fierté gaulliste ». Le tgv était bondé ; en ces heures graves et incertaines, les voyageurs semblaient tendus. Non loin des Zeggaï, un homme ne cessait de téléphoner et criait dans son portable que c'en serait bientôt fini « de tout ce bordel », et que les affaires allaient « enfin reprendre ». Quand Alba lui demanda de parler moins fort, il lui jeta un regard furieux :

– Je vous dis que c'est fini, vos conneries de gaullistes et vos trains subventionnés. On va ressortir les bagnoles !

C'en était trop pour Maurice, jeune homme athlétique sous sa belle chevelure noire frisée. Songeant à l'énergie de Marie-Chantal de la Forge qui ne craignait jamais de se battre et qui avait fait de sa clinique un îlot de résistance, il s'écria :

– Pour l'instant, vous êtes dans un train, et le Général est toujours notre président. Alors éteignez votre portable ou sortez !

L'homme n'osa rien ajouter et plusieurs passagers approuvèrent l'intervention du garçon. À Paris, la famille prit un taxi pour la gare de l'Est. Des fourgons de police se tenaient aux carrefours presque déserts, comme pour une veillée d'armes.

Arrivés à Gérardmer, Mustapha et Alba éprouvèrent un bref soulagement dans la lumière du lac où ils avaient passé tant d'heureux moments. Peu après, l'autocar les déposa au bord de la route ; puis ils gravirent le chemin jusqu'à la ferme, ravis de faire découvrir à leur fils cet horizon montagneux. Chaque fois qu'il retrouvait ce paysage, M. Zeggaï se remémorait un disque de Wagner, acheté dans une brocante, et dont la pochette représentait un château sur la montagne, au milieu des lacs et des forêts. Tandis qu'il voyait apparaître la ligne des crêtes, il entendait dans son cœur s'élever la trompette de l'*Enchantement du Vendredi saint*.

Près de la ferme, les poules couraient dans l'herbe, les gorets s'agitaient toujours devant leur auge, et l'on aurait pu croire que rien n'avait changé, hormis ces milliers de fleurs des champs, ces petites fougères odorantes et ce vert tendre des jeunes sapins qui marquaient l'apogée du printemps. Pourtant, lorsque les trois nouveaux venus entrèrent dans la maison, le regard abattu du fermier et de son épouse leur fit comprendre que des événements graves étaient survenus.

Nul n'ignorait aux alentours la ferveur gaulliste de ces agriculteurs partis à la reconquête des campagnes. Le fait qu'ils ne fussent pas originaires de la région avait d'abord suscité la méfiance des autochtones qui ricanaient sur leur incapacité à pratiquer l'agriculture. Certains villageois s'étaient pourtant montrés coopératifs, et les aides de l'État avaient porté leurs fruits. Aujourd'hui, la ferme de la haute vallée prospérait. Seul un farouche adversaire, patron d'une grosse laiterie, arpentait inlassablement la campagne en affirmant que ce modèle économique ne tiendrait pas, qu'il était ruineux d'assurer le ramassage du lait dans les petites exploitations, que le sens de l'Histoire était du côté de l'agriculture intensive.

Dans l'enthousiasme de la NRF, ses protestations étaient tombées à plat. Mais, dès l'amorce du retournement politique, le même homme s'était signalé dans la région en tête du mouvement antigaulliste. Ses propres enfants avaient lancé un comité de résistance *freeweb*. Chaque jour, ils retrouvaient place de la gare d'autres adolescents brandissant des banderoles éloquentes : « Le train, ras le bol, vive la bagnole ! », « De Gaulle, Gogol ! » Ou encore, plus simplement : « Web Freedom ! »

Ce dernier slogan, formulé en anglais, soulignait le désir de réintégrer la communauté internationale après deux ans de propagande en faveur de la langue française. Mais la tension avait encore monté d'un cran quand on avait vu, dans plusieurs villages, des jeunes parader avec des fusils de chasse. Quelques-uns s'étaient rassemblés, dans une attitude provocante, devant les maisons de gaullistes déclarés. On avait entendu des coups de feu. Plusieurs carreaux avaient volé en éclats.

Enfin, deux jours plus tôt, le drame s'était produit. Grimpant en 4 × 4 jusqu'à la ferme, un groupe de jeunes s'était garé devant l'étable avant de descendre bruyamment du véhicule. Visiblement éméchés, ils avaient bousculé à coups de pied les oies et les dindons. Seuls présents dans l'exploitation, Kim et Moshe avaient tenté de les raisonner. Mais un adolescent avait rétorqué :

– On veut plus de pédés gaullistes dans notre village !

Les deux ouvriers agricoles s'étaient mutuellement dévisagés, choqués par ce qu'ils venaient d'entendre. Le grand rouquin qui croyait ce genre d'injures périmé avait bredouillé :

– Mais… qu'est-ce que vous racontez ?

Un gamin avait lancé :

– Vous êtes deux sales juifs pédophiles, mes parents me l'ont dit !

– Dehors, les bridés gaullistes ! avait enchaîné un autre en regardant Kim droit dans les yeux.

Sous son air buté s'exprimait une longue frustration, enfin libérée pour conclure que pédés, gaullistes, juifs, bridés et négros formaient une même racaille.

– Pourtant, nous sommes tous français… Et puis, nous sommes pacsés ! avait naïvement insisté Moshe.

À ces mots, une pierre avait jailli, frappant l'épaule de Kim. Au lieu de se réfugier dans la maison, les deux garçons s'étaient enfuis à travers champs vers la lisière des bois. Mais les jeunes connaissaient les chemins. Grimpant dans leur 4 × 4, ils avaient piégé leurs proies un peu plus haut, sous les sapins, et la course s'était poursuivie en pleine forêt. Rentrant de la ville avec Judith, une heure plus tard, le couple d'agriculteurs avait remarqué le désordre devant la ferme, avant de chercher vainement leurs deux employés. Peu après, Moshe était réapparu en loques, titubant, incapable de parler. À la nuit tombante, on avait retrouvé dans un ravin le corps de Kim.

Le lendemain, la police s'était rendue chez les parents des meneurs, mais les jeunes avaient disparu. Arrogant et cynique, le directeur de la laiterie s'était contenté d'affirmer que ses enfants avaient « pris le maquis ». Les policiers ne semblaient plus savoir eux-mêmes dans quel camp ils se situaient. Ils avaient fouillé les maisons et confisqué quelques armes, enjoignant aux villageois de se tenir au calme en attendant l'évolution des événements à Paris.

Débarquant à la ferme dans ce contexte dramatique, les Zeggaï se demandèrent s'ils avaient bien fait de venir. Leur fils, lui, ne l'entendait pas de cette oreille. Comme leurs hôtes, il conservait une foi intacte et ne doutait pas que le Grand Charles ne reprenne la situation en main.

Le soir même, alors qu'Alba aidait la maîtresse de maison à préparer le dîner, de nouveaux événements confirmèrent les prévisions les plus pessimistes. Postée avec Maurice devant une chaîne d'actualités, Judith s'exclama :

– Venez. C'est grave !

Quelques instants plus tard, tout le monde se retrouvait face à l'écran – sauf Moshe, gavé de calmants, qui somnolait dans sa chambre. Passant d'un programme à l'autre, la jeune fille, essoufflée, résuma la rumeur qui circulait : le général de Gaulle aurait décidé, si le peuple ne le suivait pas dans sa politique d'indépendance, de recourir à l'arme nucléaire. « Puisque les Français sont des veaux, qu'ils meurent comme des veaux ! » aurait-il confié à l'un de ses proches conseillers.

– Propagande ! s'exclama Mustapha, indigné.

– De Gaulle s'est toujours retiré lorsqu'il se sentait désavoué, renchérit le fermier.

– En attendant, reprit Maurice, l'opposition appelle à un immense rassemblement. Un seul slogan : « Pour la vie et la liberté ! » Le Général doit s'exprimer dans quelques minutes.

À vingt heures précises, on entendit effectivement résonner *La Marseillaise* sur l'habituel plan de la cour de l'Élysée. Mais, alors que chacun pensait retrouver le Président derrière son bureau, l'image resta fixée sur le palais. Puis on vit paraître sur le perron Jacques Prévoteau de la Bretelle, porteur d'un bref communiqué du Président :

> « Face à l'agitation organisée par ceux qui cherchent à monter les Français les uns contre les autres, j'ai résolu de me retirer. Conformément à la Constitution, je transmets mes pouvoirs au président du Sénat et je le charge de tout mettre en œuvre pour rétablir la paix civile et l'unité du peuple français. Cette décision prend effet immédiatement. »

La Marseillaise retentit pour la dernière fois tandis qu'une larme coulait sur la joue de Mustapha.

Il ne fallut pas deux jours au président par intérim pour engager des négociations avec l'Union européenne en vue de rétablir la liberté des échanges. Une semaine plus tard, comme les lycéens continuaient à manifester en exigeant un accès immédiat au *freeweb*, le nouveau Premier ministre reconnut que le fameux protocole ne serait pas disponible avant plusieurs mois ; mais il promit que la France en disposerait en même temps que les autres pays (la vérité oblige à dire que le monde entier attend toujours ce fameux réseau « libre et gratuit »).

Certains groupuscules de jeunes semblaient toutefois devenus incontrôlables. Pour ne pas révéler la manipulation qui avait contribué à renverser la tyrannie, le gouvernement parla d'« ultime mutinerie gaulliste », dénonça l'action du SAC, et fit appel aux bataillons de l'OTAN pour sécuriser les villes les plus agitées. C'est l'un de ces groupements d'infanterie légère, accompagné de drapeaux bleus étoilés aux couleurs des trente pays de l'Union, qui entra le 23 juillet par la porte d'Orléans, puis traversa Paris jusqu'à l'Hôtel de Ville, parmi la foule en liesse qui, trois ans plus tôt, accueillait le Général sous les drapeaux tricolores.

La trace du despote se perd à l'instant même de son ultime allocution. Les recherches lancées par le nouveau pouvoir en vue de le démasquer, puis d'organiser un procès du régime qui avait failli déclencher une guerre n'ont jamais permis de le retrouver. Des théories continuent cependant à circuler. Les plus raisonnables rappellent qu'il ne s'agissait certainement pas de Charles de Gaulle, mort et enterré en 1970 ; que d'ailleurs il n'aurait jamais pu atteindre cet âge, franchi par deux ou trois grabataires dans toute l'Histoire, et certainement pas en pareil état de vigueur physique et mentale. Un disciple illuminé du Général aurait donc volé son identité. Opérant au moyen de masques et de maquillages sophistiqués, il aurait ravivé la plus folle des légendes avant de se fondre dans l'anonymat.

D'autres récits étranges ont circulé, en particulier celui de Jacques Prévoteau de la Bretelle, rédigé clandestinement dans la prison où il fut interné, après sa condamnation à perpétuité, à l'approche de ses cent ans, en qualité de principal collaborateur du pseudo-de Gaulle. Ce texte, interdit de publication mais qui circula bientôt sur le réseau, donne une description du départ du Général qualifiée de délire sénile par la plupart des historiens. Du moins montre-t-il quel degré pouvait atteindre le mysticisme gaulliste chez ceux qui avaient participé à sa restauration.

Selon cette version, de Gaulle, son épouse Yvonne et Prévoteau de la Bretelle, accompagnés par quelques proches, seraient immédiatement partis vers l'est de la France. Suivant un plan minutieusement élaboré, les trois voitures se seraient alors séparées, l'une conduisait Yvonne dans l'anonymat d'un couvent, tandis que les deux autres continuaient jusqu'à la colline de Sion. Dans cette commune de Lorraine pas très éloignée de Colombey-les-Deux-Églises, l'écrivain Maurice Barrès avait entrevu, au début du XXe siècle, la « ligne bleue des Vosges », décrite avec lyrisme comme le symbole du patriotisme français, alors dressé contre l'Allemagne.

Après s'être garés au pied du monticule, le despote et ses sbires auraient grimpé jusqu'au sommet, puis le président déchu aurait enjoint aux autres de rester « quelques pas en arrière ». Sous le ciel nuageux, de Gaulle, en uniforme de général de brigade, aurait alors adressé un signe à Prévoteau de la Bretelle qui aurait entonné l'hymne national d'une voix faible et tremblante, bientôt renforcée par celle de ses compagnons. Alors la silhouette du Président se serait élevée de quelques centimètres au-dessus du sol, tout son corps demeurant suspendu dans le vide. Puis, tandis que ses fidèles entamaient le deuxième couplet, de Gaulle se serait élevé davantage, dans un arc-en-ciel d'où ressortaient seulement trois couleurs : le bleu, le blanc et le rouge. Enfin, tout en montant vers les nuages, il aurait adressé un dernier mot à ses disciples :

– Je reviendrai !

Cette brève épopée, qui aurait pu ne constituer qu'un accident de l'Histoire, devait exercer une influence profonde sur l'organisation européenne tout entière. Les autorités bruxelloises admirent que la fragilité de l'édifice communautaire, apparue à l'occasion de la révolution de l'œuf mayonnaise, imposait d'accomplir plusieurs pas décisifs, afin que nul, désormais, ne puisse perturber l'organisation du grand marché qui, sous l'emblème des Trois Libertés (Entreprendre, Commercer, Circuler), conduirait le monde vers un nouvel âge de prospérité.

Pour prévenir les dérives nationalistes, les responsables de l'Union entreprirent de refondre toute la division géopolitique du continent. Les anciens États ne constitueraient plus que des entités symboliques, conservées lors des compétitions sportives. Elles passeraient au second plan derrière cinquante Régions administratives reprenant le découpage des anciennes provinces et reconnaissant pleinement les langues traditionnelles, à côté de l'anglais, promu langue officielle. La France elle-même fut divisée en six Régions. La plus importante – qui englobait approximativement le nord-ouest du pays – recouvra son ancien nom de Neustrie, hérité du partage de l'empire de Charlemagne. Le drapeau communautaire comportait désormais cinquante étoiles.

10

Le monsieur qui faisait rire les enfants

C'était longtemps après...

Chaque soir, à la sortie de l'école, le même groupe d'enfants se rassemblait sur le trottoir de la rue Victor-et-Adèle-Hugo. Quand sonnait la fin des cours, la plupart des élèves grimpaient dans les *chars* de leurs mères ; les plus disciplinés patientaient à la *Nike Room* ; mais quelques bambins du quartier filaient vers ce renfoncement d'immeuble, à deux pas de l'établissement.

Là, pendant un quart d'heure environ, leurs sacs à dos trop lourds semblaient agités de joyeuses saccades. Des rafales d'éclats de rire fusaient du groupe resserré autour d'un objet mystérieux. Il aurait fallu regarder par-dessus les têtes ébouriffées pour apercevoir cette attraction qui polarisait l'attention des garçons et filles d'une dizaine d'années : un monsieur âgé aux cheveux tout blancs. D'une voix vibrante, ce personnage semblait débiter un enseignement qui provoquait dans son auditoire de véritables soubresauts d'hilarité.

– Écoutez-moi bien, jeunes gens et jeunes filles...

Sur le même ton emphatique, un garçonnet farceur répétait ces phrases qui faisaient se poiler tout le groupe :

– Ecouté-môa, jeun jan zé jeune fiye...

– Tu veux dire *boys and girls* ? demanda soudain une voix aiguë.

Apparemment fâché, le monsieur assis sur son banc fronça les sourcils et lâcha avec mépris :

– Je m'efforce charitablement de vous enseigner le français ; alors taisez-vous, bande de pauvres mioches ! De mon temps, *boy* se disait garçon ; *girl* se disait fille. Les enfants voussoyaient les adultes et la marmaille écoutait respectueusement les grandes personnes...

La voix du garçon reprit en se retenant de rire :

– D'mon tan, c'été l'bon tan...

– C'est quoi, la *mamaye* ? insista une petite rouquine.

Le monsieur au veston élimé tourna vers elle des yeux mécontents :

– La marmaille est constituée des enfants de moins de douze ans qui passent leur temps à crier, s'agiter, réclamer – mais qui feraient mieux de se taire et de s'instruire afin de devenir des adultes responsables !

– J'croi k'il é conplètman ding ! affirma un blondinet ébahi.

Indifférent, le vieillard annonça :

– Je voudrais donc en venir aujourd'hui à ma troisième leçon, où il sera question du *logement*…

Plusieurs enfants se dévisagèrent en écarquillant les yeux. Ils devinaient que le monsieur allait se lancer dans un de ses sermons bizarres décrivant un monde où rien n'allait comme aujourd'hui, où les gens marchaient la tête en bas et les pieds en l'air, où la lune réchauffait le soleil, où les cuisses de poulets KFC avaient des plumes et couraient autour des maisons, où l'on mangeait des poissons sauvages ramassés au fond des mers. Dans le relatif silence de l'auditoire pressé d'entendre son délire, l'homme entonna :

– Vous l'ignorez, mes chers disciples, comme vous ignorez ce que fut réellement le monde…

Il se racla la gorge avant de reprendre :

– En ce temps-là, l'humanité n'était pas dirigée par des entreprises, mais par des États…

– Lai nazisses ? osa timidement une voix.

– Non, monsieur, des *États* censés agir pour le bien commun et pour celui des peuples qui partageaient une même langue et une même histoire ; comme ce beau pays où nous avons grandi et qui s'appelait la France.

Le vieux avait prononcé ce dernier mot d'une voix emphatique. Mais, aux regards ébahis, il devina qu'aucun des enfants n'avait compris. La fillette rousse s'inquiéta d'un détail :

– Pourkoi seulman lai zom ?

Sa copine affirma avec assurance :

– Lai fame avé droa 2 rien. Sé ma mère kim la di !

Le monsieur sourit avant de répondre :

– Mademoiselle, lorsqu'on disait « les hommes », en bon français (avant la loi de Révision du langage), cela incluait les hommes *et* les femmes. Je vous rappelle d'ailleurs que le masculin l'emporte sur le féminin !

À ces mots, un éclat de rire fusa du groupe d'écoliers qui, malgré leur inscription au *first master* de la Nike School, n'avaient jamais entendu cette règle étonnante – sauf peut-être en histoire, dans le chapitre consacré à l'abolition des discriminations sexistes. Le plus sérieux de la bande, qui suivait l'option *School Text* du programme officiel (quand la plupart de ses camarades préféraient l'option *School Game*), opposa une remarque au vieux philosophe :

– M'sieu, M'sieu ! La Frans, L'a fai dé génocid en Afrik.

– La Frans pété plu o k'son cul ! ajouta un autre élève.

– Sé pour sa kon a fai l'Europ ! reprit le premier

– Fadaises ! s'exclama l'homme d'une voix indignée, tandis que le farceur reprenait en écho :

– Falaiz !

Et tout le monde d'éclater de rire au nez du monsieur qui s'impatientait :

– Ne m'interrompez plus, et écoutez-moi. En ce temps-là, rien n'était comme vous l'imaginez. Chaque pays avait ses propres lois, sa façon de vivre, de parler, de penser… Si bien qu'en voyageant on avait l'impression de découvrir des mondes *étrangers* par leur architecture, leur cuisine, leur habillement, où rien n'était semblable à ce qui existait chez soi.

Plusieurs enfants froncèrent les sourcils, inquiets, tandis qu'il poursuivait :

– Mais nous nous égarons. Tout cela, je vous l'ai déjà expliqué. C'est pourquoi je désire aujourd'hui vous parler du logement. À cette époque, donc – écoutez-moi les enfants –, le gouvernement fournissait des appartements presque gratuits (on disait alors *logements sociaux*) à ceux qui manquaient d'argent…

– Kôa ? cria une voix.

– Oui, j'ai dit que le gouvernement logeait les gens qui en avaient besoin – sans chercher à gagner d'argent. Et ils pouvaient conserver ces appartements toute leur vie !

– Il é fou, j'vou di ! lança froidement le garçonnet sceptique qui jouait sur sa console en écoutant d'une oreille distraite.

– Je ne prétends pas que tout était parfait, loin de là, reprit l'homme. Mais enfin, cela valait mieux que ces campements qui jonchent aujourd'hui les banlieues.

Les enfants inscrits à la Nike School connaissaient mal ces précaires conditions d'existence. Tous avaient néanmoins aperçu, lorsqu'ils partaient en vacances, les immenses bidonvilles étalés dans la campagne à trente kilomètres à la ronde. Eux vivaient dans les beaux quartiers. Leurs parents appartenaient au groupe des rentiers et propriétaires – ou tentaient de s'y fixer en achetant des appartements hors de prix, en payant des assurances sociales de première catégorie, et en inscrivant leurs rejetons dans des établissements de standing. C'est pourquoi ceux-ci furent plus surpris encore lorsque l'homme releva ses yeux clairs et poursuivit :

– Mais ce n'est pas tout ! Une loi votée après la Révolution…

À ce mot, plusieurs enfants tremblèrent comme autrefois lorsqu'on parlait du loup. Selon leur vision du passé, nourrie par le programme de la Vidéo School, la « Révolution » désignait cette époque chaotique qui, vingt ans plus tôt, avait failli ramener le pays à l'âge des cavernes.

– Peu après la Révolution, donc, une loi spéciale empêcha les propriétaires d'augmenter les loyers (comme cela existait déjà dans ma jeunesse). En outre, chaque immeuble devait accueillir une famille à revenus modestes. Si bien qu'on trouvait, dans le même quartier, des gens riches, des gens pauvres, des étudiants, des retraités sans le sou. C'était...

– Le paradi ? osa la fillette rousse.

– Et koman ky feuzé leur marge ? leur *cash flow*, leur *operating profit* ?

L'écolier studieux avait prononcé ces mots sans hésiter, tandis que le monsieur levait les yeux au ciel :

– Le logement n'était pas un moyen de s'enrichir, voilà tout !

– N'ékouté pa s'vieu boufon ! insista un autre.

Toujours penché sur sa console, celui-ci semblait agacé par la fascination de ses camarades. Les circonstances lui furent d'ailleurs favorables. Car presque au même moment, sortant de l'école, une Nike girl, coiffée de sa casquette, s'approcha du groupe d'écoliers. Occupés par le monsieur, les enfants ne la virent pas arriver. Soudain, la tête de la jeune femme apparut au-dessus du banc, jaugea la situation, dévisagea l'homme avec suspicion, puis s'exclama :

– Hey, kids !

Tous les visages se retournèrent, affolées, vers la surveillante qui poursuivit :

– Savépa k'sé tinterdi de parlé aux adult's dan la rue ?

Les enfants restèrent cois, tandis que le vieux monsieur levait un regard frondeur sur la femme qui insistait :

– On voulapadi, à la school ?

Le vieux philosophe tenta une contre-attaque :

– Mes amis, n'écoutez pas cette péronnelle !

– Set kôa ? s'indigna la femme sans comprendre.

Elle adopta alors un ton plus menaçant :

– Léssé nos kids trankils. Zavé pa vu les pano ?

Elle désignait, sur le trottoir d'en face, une affiche lumineuse montrant la silhouette d'un enfant et celle d'un monsieur, côte à côte, barrées d'une grande croix rouge et accompagnées de cette légende : « Ne parlez qu'à vos parents ».

Sans demander leur reste, la plupart des petits avaient ramassé leurs sacs et s'éloignaient déjà vers les résidences bâties de part et d'autre de l'avenue Bill-et-Melinda-Gates – où l'on pouvait encore apercevoir, à certains coins de rue, les vieilles lettres gravées dans la pierre : avenue du Maréchal-Foch.

Quelques années plus tôt, la suppression des noms de militaires dans les espaces publics avait fait l'objet d'un vote des représentants, emporté à la majorité absolue. Le mois suivant, la Chambre des entreprises (qui avait remplacé le Sénat depuis le quinzième amendement) confirmait cette décision. Soutenu par des parlementaires de tous bords, le texte de loi prônait plus largement – dans l'intérêt des générations futures – l'éradication des traces de violence, sexisme et racisme dans les appellations officielles. Selon le principe de parité, les avenues « du Président-Kennedy » s'étaient vu rebaptiser « avenue John-et-Jackie-Kennedy », tandis que les places « Chopin » devenaient places « Chopin-Sand ». Mais ce mouvement déplorait surtout l'invasion de la mémoire collective par une cohorte de meurtriers confondus avec des héros. Généraux et maréchaux n'avaient plus rien à faire sur les murs des villes – sauf s'ils appartenaient à des forces de pacification comme l'OTAN.

Selon la formule de la rapporteuse du projet : « Dans un monde où l'amour du prochain et les Trois Libertés (Entreprendre, Commercer, Circuler) constituent, selon le deuxième amendement, les conditions inaliénables du bonheur, le temps est venu de remplacer les soldats par des scientifiques et des créateurs, mais aussi de rendre hommage à tous ces parents anonymes qui ont fait la véritable histoire. Accepterons-nous d'éduquer nos enfants sous l'emprise mentale de guerres épouvantables et de drapeaux ensanglantés ? »

Une vague d'enthousiasme avait alors saisi le pays. Des mouvements d'étudiants, de femmes, de descendants d'esclaves, avaient défilé pour appuyer le projet d'une *mémoire lavée de son sang*. Des centaines de villes et de villages avaient organisé le décrochage et la destruction des plaques portant les noms de Hoche, Bonaparte, Murat, Kléber ou des maréchaux Joffre, Lyautey, Leclerc, pour les remplacer par des hommages à l'art, à l'intelligence, à la famille... Partout on avait vu fleurir la *rue des Mamans*, le *boulevard des Papas*, le *square de l'Antiracisme*, sans parler de la *place du Développement-Durable* ou des *jardins de l'Air-Pur*.

Ces noms voulaient-ils faire oublier l'odeur atroce qui envahissait la ville, depuis que l'industrie automobile avait lancé la mode des *chars* ? Ces véhicules de sécurité dotés d'une armature d'acier, de vitres antivandalisme et de caméras de sécurité, permettaient de traverser sans danger n'importe quel quartier, mais ils répandaient partout des effluves de pourriture liés à la combustion du *greengas* – ce carburant agricole présenté comme l'ultime espoir de la voiture individuelle.

Malgré ces précautions, la rue n'était jamais innocente : quelques jours après l'intervention de la surveillante, le monsieur qui faisait rire les enfants était de retour sur son banc et les écoliers rassemblés autour de lui. La réputation de ce personnage commençait même à s'étendre.

Un mardi soir, comme il débitait ses souvenirs d'un temps légendaire, l'homme eut la désagréable surprise de voir revenir le garçonnet moqueur qui l'avait traité de vieux fou, entouré par trois grandes perches d'adolescents. Alertés par ce gamin, ses frères voulaient découvrir l'hurluberlu et lui régler son compte s'il représentait le moindre danger pour les petits. S'approchant dans leurs pantalons-kilts, sous des bérets à la dernière mode, ils restèrent toutefois désemparés tandis que le vieillard les regardait dans les yeux puis déclamait :

– Messieurs, je vous attendais ! Car je dois vous adresser une communication de la plus haute importance !

– Ta vu komiparl ? s'exclama le petit en tirant la manche de son aîné, perplexe.

– C'est kôa, ce clone ?

– Je ne suis ni un clone ni un clown. Et je m'en vais vous tenir un important discours sur l'économie.

Le grand frère impatient semblait prêt à en découdre, mais un de ses camarades fit un geste pour le retenir, comme s'il se prenait au jeu.

– Pour commencer, chers disciples, cette odeur de *greengas* que vous sentez si fort aujourd'hui, à cause de l'anticyclone, n'est pas seulement l'odeur d'un produit naturel destiné à protéger la planète. Sachez que ce carburant agricole, lancé pour sauver l'économie du marasme, a détourné la plupart des campagnes de l'élevage et des plantes vivrières. Il est donc également responsable de la merde industrielle que vous mangez sous les noms de *chicken* ou de *fish* – ces formes dégénérées d'animaux qu'on appelait autrefois poulet ou poisson.

Les trois ados se dévisagèrent avec des sourires ébahis. Ils n'avaient rien compris, à l'exception de

« merde », « fish » et « chicken ». Le plus curieux insista :

– 10 môa, papy, pourkoa tu di kon mange d'la merde ?

– D'abord, jeune homme, cessez vos familiarités. Assez de papies, de papas, de mamies et de mamans ! C'est un vocabulaire infantile.

– Onfontil, répéta difficilement la petite fille rousse.

– Et je ne parle pas des « jeunes », ce mot sacré qui cache ce que vous êtes réellement : des adolescents incultes et boutonneux !

Les trois copains se demandèrent s'il les insultait. Le plus maquillé de la bande, qui masquait son acné sous des couches de fond de teint, se palpa le visage avec inquiétude ; mais ses camarades semblaient d'accord pour considérer que ce vieux fou n'était pas dangereux. Comme les enfants, ils décidèrent de prendre son discours à la rigolade. Le monsieur reprit :

– En ce temps-là, donc, on élevait les animaux dans les prés…

Une voix murmura :

– Çai complétman débil !

– Non, monsieur ! Ce n'est pas débile… Car, en ce temps-là, de nombreuses personnes considéraient que la nature n'était pas destinée principalement à améliorer la rémunération des actionnaires.

L'auditoire commençait à se fatiguer. Un grand ricana :

– Cé kôa cé salad ?

Le vieux continuait imperturbablement :

– En ce temps-là, certaines personnes considéraient que l'État devait répartir la richesse et la mettre au service de tous...

Cette fois, le garçon maquillé éleva la voix :

– Non, Sir ! L'éta, cé la source du nazism et de la guère...

Un autre termina comme s'il récitait la même leçon :

– Concurrence et libre entreprise son lé 2 mamèles du progré.

Le vieil homme haussa les épaules :

– Oui, je sais. Tout au long des siècles, depuis les Mérovingiens, d'affreux nazis ont passé leur temps à persécuter la population ; principalement les femmes, les enfants, les gens de couleur. Bla bla bla...

– On nai kan mem plu zeureu en Neustrie !

– Non, cent fois non ! soupira le vieux. La Neustrie est une invention faite pour vous brouiller la mémoire. Quand je suis né, personne ne connaissait la Neustrie, disparue au IXe siècle après Jésus-Christ. La création des régions autonomes a marqué l'offensive finale visant à détruire la mémoire des nations.

Tout en disant ces mots, il leva les yeux vers la tour de la Cité administrative ornée de deux drapeaux qui ondoyaient sous le vent : celui de la Neustrie et celui de l'Union. Le premier représentait un enfant sur fond bleu azur (chaque région avait choisi un symbole d'espoir : l'enfant, l'eau, le cœur…). Le second comportait cinquante étoiles : les cinquante régions de l'Europe. Le vieil homme reprit :

– Il est vrai qu'en ce temps-là tout le monde ici avait plus ou moins honte de son pays.

Une sirène hurla au bout de la rue. Un *char* approchait à petite vitesse. Attirés par le bruit, les enfants tournèrent la tête.

– Merd, lé flik ! s'exclama l'un des garçons.

– Et alors, vous ne faites rien de mal ? dit le vieux fou.

Quand le véhicule s'arrêta devant le groupe et qu'on vit en descendre quatre policiers en tenue de combat portant l'inscription : « Veolia Police Departement », il apparut effectivement que le seul suspect était le monsieur lui-même. Tout en s'approchant, l'adjudant releva ses lunettes à infrarouges :

– Vou fèt kôa ici, à parlé au jeun's ? Savé pa k'sé interdi ?

Le monsieur se tourna vers les adolescents pour expliquer :

– De mon temps, la police ne dépendait pas d'entreprises comme Veolia. C'était un service public censé faire respecter la même loi pour tout le monde, et dans tout le pays.

Les enfants restaient penauds. Seul l'un des trois grands lança aux policiers :

– Y fai rien d'mâle. Y délir, cé tou.

– T'mail pas de ça, p'tit, répliqua l'agent.

Il s'adressa de nouveau à l'homme :

– Zèt un rigolo, vou. Mais zèt ossi dan zun kartié Veolia. Le régleman vou zotoriz pas a parlé o mineur dans la ru !

– Pourkôa vou vené ici ? demanda un autre qui avait conservé ses lunettes à écran connectées sur le réseau.

– J'aime bien ce banc ; c'est un vieux banc qui a échappé aux rénovations.

– Vo papié !

– Pas sur moi…

– Vou zabitai 7 ville ?

– Je suis de passage. Je loge chez ma sœur.

– La direktris de l'écol sé plinte. On veu plu vous voir dan le koin.

– Je vous ai compris. Je vous salue, messieurs ! Et vive la France !

À ces mots, les policiers se dévisagèrent, interloqués. Il leur sembla bien que l'homme avait prononcé un slogan nazi. Mais, après tout, ils n'étaient là que pour assurer la sécurité du quartier.

Le monsieur s'était levé ; il tourna à l'angle de la rue Silvia-et-Jean-Monnet, puis disparut.

Le lendemain, les enfants attendirent à l'emplacement habituel, en vain ; et ils attendirent encore les jours suivants. Alors ils commencèrent à regretter le monsieur qui racontait des balivernes sur ce prétendu bon vieux temps où les cuisses de poulets avaient des plumes et s'ébattaient dans les cours de fermes, où les steaks vivaient dans des étables, où les employés des grandes entreprises étaient logés pour trois fois rien, où l'on travaillait trente-cinq heures par semaine, où les glaciers des montagnes descendaient dans les vallées, où les enfants n'avaient pas le droit de parler à table. Ils regrettaient surtout les engueulades inattendues chaque fois que cet homme, au lieu de répondre à leurs questions, les traitait de « pauvres petits abrutis décérébrés ». Ils adoraient ce genre de formules.

Ils se plaignirent si bien qu'une délégation de mamans se rendit à l'école, quelques semaines plus tard, pour savoir où était passé le monsieur qui faisait rire les enfants. La directrice les reçut aimablement avant d'admettre que la police était intervenue, à sa demande, pour éloigner cet individu louche. Il racontait des histoires malsaines, propres à faire croire que tout était mieux avant. On ne pouvait tolérer, en outre, qu'un homme mûr s'adresse aux petits, quand la loi interdisait ce genre de contact. Elle pensait avoir accompli son devoir et proposa la mise en place d'une cellule de soutien psychologique pour aider les écoliers à chasser ce mauvais souvenir. Mais les mères ne se contentèrent pas de cette explication. L'une d'elles s'emporta dans ce français vieillot qu'on pratiquait encore dans certaines familles :

– Ce n'est pas parce qu'un vieillard raconte des balivernes qu'il faut lui clouer le bec ! Les enfants ont besoin de contes pour rêver…

– Et kôa de plus bo que lé zieu d'un anfan qui rave ? reprit une autre.

– Peu tètre… lé zieu d'un anfan qui ri ! répliqua la troisième.

– Justement, reprit la première, ce vieux monsieur amusait beaucoup nos enfants. Et ils rentraient à la maison plus calmes !

– Kan maime, reprit calmement la directrice, il né pa sein ke nos kids parle a un ome aparaman sélibatair…

– Vous avez tort, reprit la meneuse. Il ne faut pas abuser des règles de sécurité ; cela devient étouffant.

Des signes d'approbation se dessinèrent sur les visages de plusieurs mères, comme si tout ce qui protégeait l'enfance de la perversité des adultes leur semblait soudain excessif ; d'autant plus que leurs gamins ne cessaient de réclamer le vieux monsieur.

– Et puis, ajouta la dame, que risquent-ils ? Ils sont en groupe, ils rigolent ensemble, et tout le monde est content. Laissez ce type revenir.

La directrice paraissait butée :

– Médam, je suis dézolé ; mé je dois apliké le raigleman.

La requête ne s'arrêta pas là. Quelques jours plus tard, un collectif de papas et de mamans fit paraître un manifeste exigeant le retour du brave homme à la sortie de l'école.

Le directeur du Veolia Police Departement découvrit non sans inquiétude ce communiqué et les réactions en chaîne qu'il entraînait sur quantité de forums ; car voilà précisément ce qu'il cherchait à éviter. Depuis plusieurs années, les services de sécurité surveillaient toute forme d'emballement qui, partant d'un fait insignifiant, risquait de déboucher sur des troubles incontrôlables, comme lors de la révolution de l'œuf mayonnaise. Cette fois, les parents s'appuyaient sur un bataillon de pédiatres et d'autres spécialistes qui demandaient le retour du clochard au nom de l'intérêt supérieur des enfants. Pressé d'en finir, le commissaire lança une recherche afin de retrouver cet homme et de le remettre – sous contrôle – à la disposition de son jeune public.

L'enquête ne donna aucun résultat. Les services eurent beau sillonner l'agglomération, visiter les abris d'urgence, surveiller la sortie des autres écoles, interroger les vagabonds, le monsieur semblait avoir disparu.

C'est alors que certains recoupements attirèrent l'attention sur un écrivain né dans cette ville en 1960, qui avait donc environ soixante-dix ans. Après quelques succès, il était tombé dans l'oubli. Il n'avait rien publié depuis des années, mais il tenait encore, sur internet, un site personnel où il diffusait des messages nostalgiques. On y reconnaissait, presque dans les mêmes termes, certains propos tenus par le vagabond. Récemment, cet écrivain était revenu dans la région où il occupait une demeure prêtée par sa sœur, dans une vieille propriété, au milieu d'un parc boisé.

Un enquêteur se rendit à l'adresse indiquée. S'aventurant sous les grands arbres, il finit par découvrir cette ancienne baraque de jardinier, devant un carré de pelouse. Par la porte entrouverte, il aperçut un personnage correspondant au signalement. Celui-ci somnolait dans un fauteuil, près du fourneau, au milieu d'un entassement d'objets hétéroclites. Le policier se rappela cette époque antédiluvienne où livres et disques envahissaient les murs des logements. Toquant discrètement pour attirer l'attention, il se résolut enfin à entrer pour transmettre son message :

– Pardoné môa, meusieu.... Je sui chargé par le kommissaria Veolia de vous zinformé qu'aprè consultation dé papas zé dé mamans il a été décidé ke vous pourrié reprandre vo konférans à la sorti de l'écol.

Le vieil homme sourit sans mot dire.

Quelques jours plus tard, il était de retour sur son banc, rue Victor-et-Adèle-Hugo. Mais, quand la cloche annonça la fin des cours, il ne vit pas seulement approcher la troupe d'enfants satisfaits de retrouver leur précepteur clandestin. Derrière eux se tenait toute une colonie de parents radieux. Et, tandis que les bambins lançaient leurs questions, l'une des mères se tourna vers les autres qui commencèrent à applaudir. Le monsieur eut alors la désagréable impression que ces retrouvailles se déroulaient comme un spectacle :

– Tu peu nou rakon-T listoir du chiken kavé déplum ? lança la petite fille rousse.

Ce n'était pas tout. À cet instant, les portes de l'école s'ouvrirent et l'homme vit s'approcher, derrière les enfants et leurs mères, une troisième rangée constituée de journalistes, caméras au poing, désireux de rendre compte de la bataille qui s'était déroulée. Des micros se tendaient vers sa bouche :

– Ait vou zeureu de retrouvé cé zanfan ki vou zon tailman réklamé ?

– Sa doi tètre un motif de satisfaxion !

Le vieux monsieur répondit avec son irritation habituelle :

– Franchement, ces enfants m'inspirent plutôt de la pitié.

À ces mots, l'assemblée se figea dans un silence gêné. Était-ce l'ami de la jeunesse pour lequel chacun s'était battu ? L'inquiétude des grands fut pourtant noyée par les premiers rires des gamins qui adoraient visiblement cette façon de les vilipender. D'autres questions fusèrent :

– Sai vrai ke lai gen parlai pa tousse anglé, autrefôa ?

Un instant, le monsieur parut se reprendre au jeu :

– Mais vous ne parlez pas anglais, bougres d'ânes ! Dans votre infâme charabia, un Anglais ne retrouverait pas son latin !

Les enfants rirent plus fort et le vieux continua :

– Savez-vous qu'au XVIIIe siècle, le français était la langue la plus parlée dans le monde ?

– Tu veu dir o moyenaj ?

– Non, monsieur, le XVIIIe siècle n'est pas le Moyen Âge, et je vous prie de me voussoyer !

Éclats de rire des enfants, cette fois imités par les mamans.

– Et puis, arrêtez de m'embêter avec vos chicken. Parlez-moi des bonnes grosses volailles des fermes de mon enfance…

Les regards de l'assistance s'écarquillaient.

– … qui picoraient sur les tas de fumier !

Les regards rêveurs se transformèrent en grimace de dégoût, mais le monsieur insista :

– Oui, parfaitement, de la merde ! Les poulets qu'on mangeait picoraient dans la merde…

– Vous pouvé répété ?

La voix du caméraman qui venait de faire cette demande rappela au monsieur la triste réalité : il tournait un sketch pour la télévision ; un sketch qui ferait rire le grand public comme il faisait rire les enfants. Cette perspective lui sembla soudain si désagréable qu'au lieu de répondre il se leva en déclarant :

– Et puis ça suffit comme ça ! Occupez-vous de vos gosses et foutez-moi la paix !

On entendit un sifflement dans l'assistance. Mais les sourires des enfants contredisaient toujours l'exaspération des adultes, tandis que l'homme concluait rapidement :

– D'ailleurs, puisque je vous intéresse tellement, je préfère rentrer chez moi.

Bousculant son public, il s'éloigna sur le trottoir. Au coin de la rue, il trouva juste le temps de se retourner pour ajouter :

– Et je ne vous autorise pas à diffuser ces images !

De retour chez lui, une demi-heure plus tard, le vieux monsieur éprouva ce vif soulagement qui, dans sa vie, allait presque toujours de pair avec la solitude. Regardant ses livres jaunis et ses disques alignés dans l'entrée, il songea que tout cela finirait bientôt en poussière. Il n'était plus temps de prêcher. Ses efforts ne serviraient de rien. Mieux valait s'enfoncer dans son fauteuil, près de la chaleur du fourneau, puis compter les jours en attendant bien tranquillement la mort.

Au moment de s'asseoir, il fut donc extrêmement surpris de découvrir à sa place, installé au fond du siège, un homme qui l'observait, coiffé d'un képi à deux étoiles. Plus ébahi encore, il reconnut aussitôt, sous les traits de cette momie, la silhouette et le visage du général de Gaulle qui le considérait d'un air accablé, l'expression pleine de reproches. Évidemment, si l'on s'en tenait à l'arithmétique, le héros de Londres devait avoir au bas mot cent quarante ans ; mais, après tout ce qui s'était passé, l'écrivain ne trouva pas invraisemblable d'entendre le grand homme s'adresser à lui d'une voix chevrotante :

– L'abandon, toujours l'abandon !

Il avait dit ces mots en levant les deux mains, dans une expression d'accablement. L'écrivain crut nécessaire de se justifier :

– Tout est fini, mon général, ça ne sert plus à rien…

À ces mots, de Gaulle s'emporta de plus belle, dans un élan décidé à convaincre, encore et toujours, son interlocuteur :

– Comment cela ? Rien n'est jamais fini ! La France est éternelle, jeune homme !

Le monsieur qui faisait rire les enfants sursauta :

– Jeune homme, jeune homme… mais j'ai soixante-dix ans bien sonnés !

– Et moi, le double. Ce qui ne m'empêche pas de me battre. Faites quelque chose, mon vieux ! Vous pourriez lancer une nouvelle pétition.

L'écrivain le regarda, plein d'admiration, mais il dut avouer :

– Je suis fatigué, mon général.

– Vous n'êtes pas fatigué et nous allons gagner ; l'important, dans la vie, c'est de se transfigurer !

Que voulait-il dire au juste par là ?

Je ne le saurai jamais. Car, au même moment, je me suis réveillé en sueur et j'ai entendu par la fenêtre le signal de recul d'un camion en train de manœuvrer rue d'Arcole. Les grands événements n'avaient pas encore commencé.

11

Le badaud du dimanche

Sous ma fenêtre, les feuilles des marronniers étaient presque rousses. À la radio, des voix commentaient les résultats du championnat ; un journaliste conseillait de profiter du beau temps pour se rendre visite à Eurodisney. Le monde avancerait comme il voudrait, malgré moi. Alors, le cœur léger, j'ai enfilé ma veste et je suis allé me promener.

J'aime sortir de bon matin, dévaler l'escalier jusqu'au rez-de-chaussée, saluer la concierge qui nettoie le pavé, ouvrir le portail de l'immeuble sur la rue lumineuse, puis m'en aller au hasard, vers la gauche ou vers la droite, en observant tout ce qui se passe : la couleur du ciel et les nuages du jour ; les touristes italiens devant la boutique de lunettes noires ; les mendiantes roumaines sur le parvis de Notre-Dame (elles tendent inlassablement aux passants le même morceau de papier rédigé en anglais, qui prétend qu'elles sont des réfugiées politiques ; puis elles repartent chaque soir en groupe par le RER). Seule manquait la voiture de police sur le pont de l'Archevêché : les beaux jours étaient finis ; les rollers bondissaient en toute quiétude.

Au moment de traverser le quai, le feu est passé au vert et j'ai admiré le passage d'un convoi exceptionnel : un grand camion recouvert de toilettes publiques. Enchanté, j'ai poursuivi mon chemin jusqu'au traiteur grec, assis sur le seuil de sa boutique opulente et déserte. Un peu plus loin, dans l'épicerie chinoise, j'ai fait un choix de soupes instantanées à la crevette – avec une préférence pour le sachet bleu incluant quatre sortes de poudres et d'épices. J'ai ralenti place du marché Maubert devant une réunion électorale pour la mairie d'arrondissement : les militants tenaient des ballons de baudruche ; et j'ai salué le candidat qui m'a expliqué son programme. Intéressant, intéressant. Mais, déjà, je reprenais mon chemin en fredonnant cette chanson de Georgius intitulée *Le Badaud du dimanche*, qui décrit la promenade en ville d'un monsieur curieux de tout : « Avec son petit galurin, son inséparable pépin, il déambule… »

J'ai la chance d'habiter au cœur de Paris où il est encore facile de s'enchanter au hasard. Autour de moi, la diversité de l'architecture, la présence de l'histoire et un style urbain relativement préservé (avec ses bistrots, ses magasins d'alimentation, ses soldeurs de disques et ses trottoirs ombragés) favorisent la déambulation. Mais il faut dire aussi que j'ai, dans l'ensemble, un tempérament complaisant, prêt à se laisser emporter par le spectacle du moment.

L'été dernier, m'éloignant pour quelques jours des falaises normandes, je suis parti dans les Hautes-Alpes avec un ami. À la nuit tombée, nous roulions en voiture de location vers un hôtel juché sur un col, loin de tout. Nous avions pris du retard et, maintenant, un épouvantable orage s'abattait sur cette route étroite surplombant des lacs, des barrages, des précipices, puis s'engouffrant dans des tunnels où il semblait impossible de croiser un autre véhicule. Heureusement, nous étions seuls dans le chaos, longeant des murs de roche noire sous la grêle qui tombait de plus en plus fort. À coup sûr il serait impossible d'arriver à l'hôtel pour dîner. Mieux valait avertir l'établissement pour ne pas nous heurter, au milieu de la nuit, à une porte close.

Le moment semblait venu de sortir le téléphone portable que je m'étais offert « en cas de coup dur » – achetant des unités à la carte pour éviter toute relation avec les entreprises de télécommunications. Confronté quelques années plus tôt à leurs méthodes proches de l'escroquerie, j'en avais tiré un pamphlet et je m'étais juré de me passer de leurs services... avant d'acquérir secrètement ce nouvel appareil.

Sans trop de peine, je trouvai la manœuvre pour le mettre en service ; sauf que j'avais laissé chez moi les coordonnées de l'hôtel. Je m'apprêtais donc à appeler les renseignements de mon fournisseur d'accès. Malheureusement, comme je n'utilisais jamais ce mobile, j'avais oublié ce numéro pratique, et mon camarade, au volant, ne semblait pas mieux informé. Après avoir manipulé l'appareil en tous sens, faisant défiler les *outils* et *options* du *menu*, je constatai en outre que l'indication ne figurait nulle part. Rien, dans cette machine, ne me renseignait sur les renseignements. Confronté à cet insoluble problème, je demandai à mon ami de s'arrêter au prochain village, à proximité d'une bonne vieille cabine téléphonique, pour mettre à profit ce qui subsistait du réseau public de télécommunications.

C'est seulement à l'extérieur du véhicule, dans un bourg sombre et désert des environs de Vizille, après m'être précipité sous des trombes d'eau vers la porte vitrée de la cabine, qu'un nouveau problème apparut. En effet, l'ancien numéro des renseignements, inscrit dans la mémoire de plusieurs générations (autrement dit le « 12 »), était aboli depuis plusieurs années au nom de cette *concurrence libre et non faussée* qui devait profiter aux consommateurs. On nous l'avait suffisamment répété : la liberté du commerce allait rendre le téléphone plus pratique, plus accessible et moins coûteux.

Le résidu de service public prévoyait donc l'entretien de cabines sur tout le territoire ; mais il comportait également l'obligation de *n'indiquer aucun numéro de renseignements* à l'intérieur, afin de respecter la concurrence entre les différentes marques ; si bien qu'après avoir introduit ma carte de crédit dans l'appareil, je tâchai de me remémorer ces récents indicatifs, imprimés sur des affiches publicitaires au moment de leur lancement tapageur. Mais les centres de renseignements étaient désormais si nombreux que ma mémoire s'embrouillait. À chaque formule que j'essayais (118-119, 118-111...), une même voix mécanique indiquait que ce numéro *n'était pas attribué*.

De guerre lasse, je finis par composer le 12 en espérant – en supposant, même – que le résidu de service public me prodiguerait au moins des informations nécessaires. Je connus un instant de joie quand une voix synthétique au débit rapide me confirma :

> « Suite à un changement de réglementation, le numéro que vous venez de composer ne permet plus d'accéder aux services de renseignements téléphoniques. Ces services sont désormais accessibles via des numéros à 6 chiffres commençant par 118… »

À ce point, j'imaginais qu'allait suivre une énumération. Je fus donc fort désappointé d'entendre simplement la voix poursuivre :

> « La liste de ces numéros est disponible sur le site internet *www.appel118.fr.* »

Ceux qui avaient conçu ce message étaient-ils des naïfs ou des pervers ? Supposaient-ils que toute personne égarée comme moi en pleine montagne, sur une route chaotique et sous une pluie diluvienne, dans l'orage d'un soir d'été, a sous la main son ordinateur et une connexion internet ? Certes, j'aurais dû ; mais, justement, je n'en avais pas ! Et nous étions encore nombreux dans mon cas. Le piège se refermait sur la voix qui conclut :

> « En cas d'urgence, vous pouvez composer le 15 pour le SAMU, le 17 pour la police, le 18 pour les pompiers, le 112 pour le numéro d'urgence européen. France Télécom vous remercie de votre appel. »

L'idée même de ce *numéro d'urgence européen*, quand j'étais en train de chercher celui d'un hôtel à quelques kilomètres de là, aurait dû renforcer ma haine. Mais cela ne changeait rien à l'affaire, et je tournai un regard désespéré vers cette place de village plongée dans la lumière blafarde d'un réverbère. La pluie battait toujours ; des éclairs déchiraient le ciel et cette immense solitude se doublait d'un sentiment de culpabilité : d'abord parce que j'avais l'impression de revivre sans fin la même histoire ; ensuite parce que j'aurais dû noter le numéro de l'hôtel ; enfin parce que notre voiture arrêtée en pleine nuit, phares allumés, dans un village de l'Isère, n'allait pas tarder à paraître suspecte ; or nous n'avions tenu aucun compte de l'interdiction de fumer, pourtant clairement signalée à l'intérieur de ce véhicule loué pour quelques jours. Tout cela allait nous attirer des ennuis.

Accomplissant un nouvel effort, je tâchai alors de me concentrer, puis de reformuler l'un de ces numéros qui étaient certainement choisis pour se retenir facilement. J'essayai à tout hasard une autre formule commençant par 118... et le miracle se produisit. Mieux encore, malgré l'heure tardive, une voix enregistrée m'annonça que je serais bientôt mis en contact avec une personne humaine, à condition de m'acquitter du coût du service : 1,35 euro, plus 11 centimes la minute, soit 10 francs au minimum, c'est-à-dire vingt fois l'unité de base des anciens appels téléphoniques. Dans mon archaïque jeunesse, le service des renseignements depuis une cabine était gratuit. À présent, d'après les indications figurant dans l'édicule, seuls les *numéros d'urgence* (police, pompiers, Europe) étaient encore accessibles, tandis que ceux des renseignements obéissaient à une libre facturation des compagnies. Et, contrairement aux promesses tapageuses, tous les services concurrents avaient augmenté leurs tarifs. J'avais néanmoins franchi une étape, et l'urgence, maintenant, était d'obtenir le fichu numéro de cet hôtel.

Quelques secondes passèrent avant qu'une voix féminine me réponde enfin. Elle le fit d'ailleurs très aimablement et son fort accent me laissa supposer que cette préposée travaillait dans un pays d'Afrique du Nord. Pour un coût trois fois moindre, et sans aucune protection sociale, elle y effectuait la tâche qu'accomplissait auparavant une jeune Française touchant désormais le revenu minimum d'insertion – ce qui répondait bien à ce concept de « nivellement par le bas » dont m'avait parlé Anthony Bénard. La jeune fille, en tout cas, était aimable, attentive, comme souvent le personnel des pays pauvres, et elle sembla comprendre ma demande. Puisque l'hôtel était perché sur un col perdu, je peinai à lui indiquer le nom de la commune ; mais, suivant les recoupements que je lui indiquais, elle finit par dénicher le précieux numéro et je la remerciai vivement avant de raccrocher, puis d'appeler enfin cet hôtel. Le tarif affiché était de trois euros minimum par communication, soit quarante fois l'ancienne taxe téléphonique de base.

Je songeai alors que si le service des télécommunications semblait – dans ce cas précis – moins rapide, moins pratique et nettement plus cher que tout ce que j'avais connu par le passé, il n'avait pas encore complètement disparu. Quelque chose fonctionnait, malgré tout, dans ce système : il convenait de m'en réjouir et d'apprendre à l'utiliser.

Il pleuvait toujours. Les phares de la voiture, transperçant l'averse, éclairaient trois grosses poubelles de tri sélectif. Au pied des bacs multicolores, quelques bouteilles en plastique traînaient sur le socle bétonné et les déchets glissaient au fil de l'eau. C'est alors que la porte d'une maison s'est ouverte et que j'ai vu sortir un homme chauve, en jogging, tenant un sac en plastique et dans l'autre main son téléphone dernier cri. L'air joyeux, il parlait à quelqu'un, décrivant peut-être l'orage qui s'abattait sur nous. Sitôt jeté son sac dans l'orifice graisseux, il m'a aperçu dans la lumière blafarde de la cabine, puis m'a adressé un petit salut avant de rentrer chez lui. Il paraissait serein, confiant, comme s'il voulait me confirmer que tout n'était pas perdu ; et je suis reparti en courant vers la voiture au milieu des gouttes qui crépitaient sur le sol.

Sur la place du marché, ce dimanche, il y a des cèpes. La clientèle se presse aux étalages ; des voix fusent dans la fraîcheur de l'automne ; quelques visages sourient pour des raisons mystérieuses et je me faufile entre les corps. J'ai bien envie de déjeuner sur la place, d'essayer ce nouveau bistrot qui vient d'ouvrir sous une fausse devanture de vieux rade parisien. Y croire encore sans trop râler, dire bonjour au patron, demander un verre de rouge, poser mon journal devant moi et commander, plein d'espoir, un œuf mayonnaise.

1 – L'œuf mayonnaise 7
2 – Un message du Général 25
3 – Que faire de ma bibliothèque ? 45
4 – Les conquêtes du Général 63
5 – Anthony Bénard, sa femme et moi 93
6 – La gloire du Général 107
7 – Le monde enchanté du Général 133
8 – Sentiments français 153
9 – Le départ du Général 161
10 – Le monsieur qui faisait rire les enfants 187
11 – Le badaud du dimanche 211

Photocomposition Nord Compo
Villeneuve-d'Ascq

Pour l'éditeur, le principe est d'utiliser des papiers composés de fibres naturelles, renouvelables, recyclables et fabriquées à partir de bois issus de forêts qui adoptent un système d'aménagement durable.
En outre, l'éditeur attend de ses fournisseurs de papier qu'ils s'inscrivent dans une démarche de certification environnementale reconnue.

CET OUVRAGE
A ÉTÉ ACHEVÉ D'IMPRIMER
SUR ROTO-PAGE
PAR L'IMPRIMERIE FLOCH
À MAYENNE EN FÉVRIER 2010

Dépôt légal : février 2010.
N° d'imprimeur : 75905.
35-33-3237-1/01
Imprimé en France